本能寺から始める
信長との天下統一
HONNOUJI KARA HAJIMERU
NOBUNAGA TONO TENKATOUITSU
之介寛浩
イラスト／茨乃
JN105284

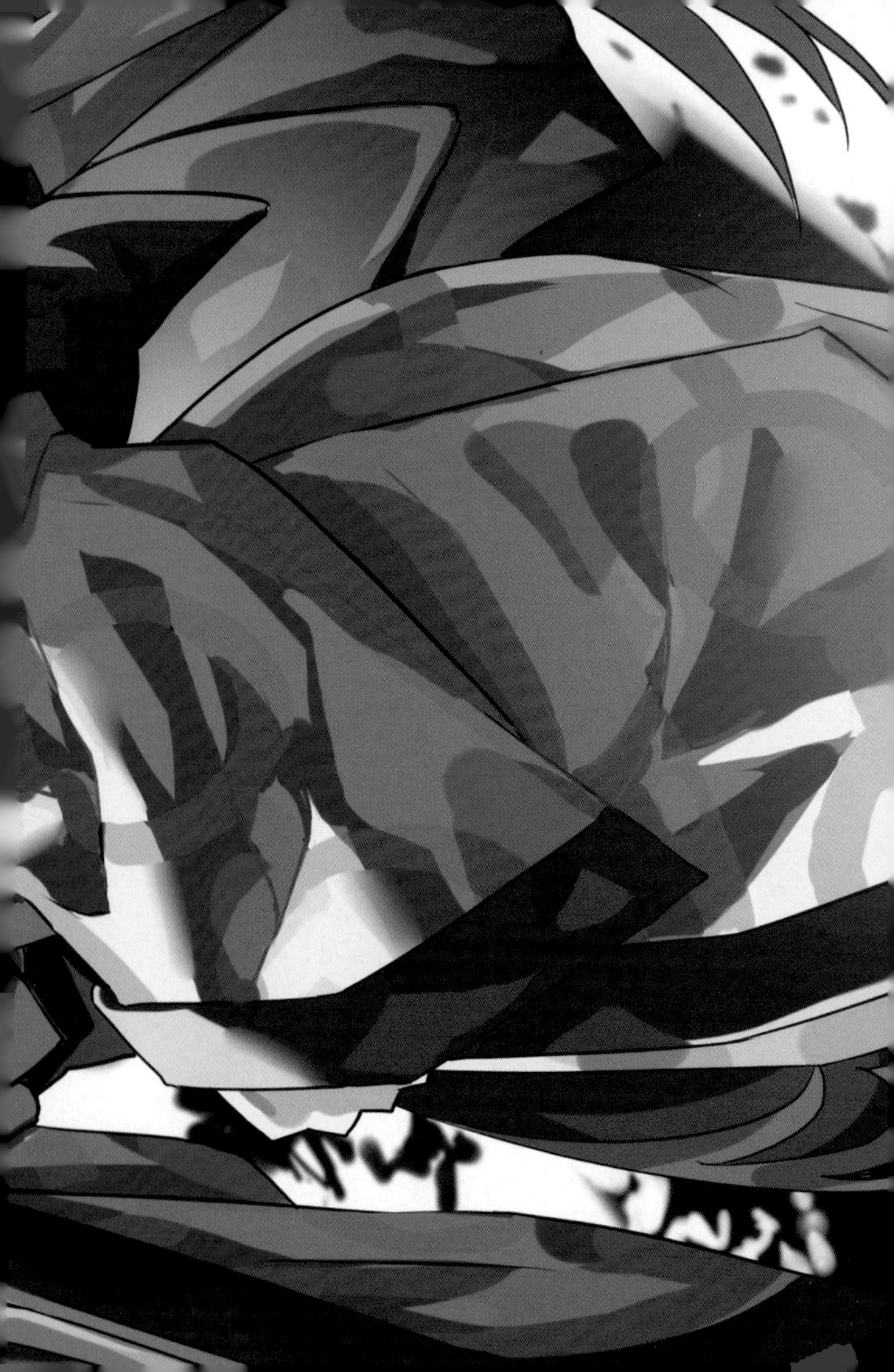

「黒坂家法度により、取り締まらせていただきます」
お初

「あのときの言葉、覚えていたのですね

# 本能寺から始める信長との天下統一 11

常陸之介寛浩

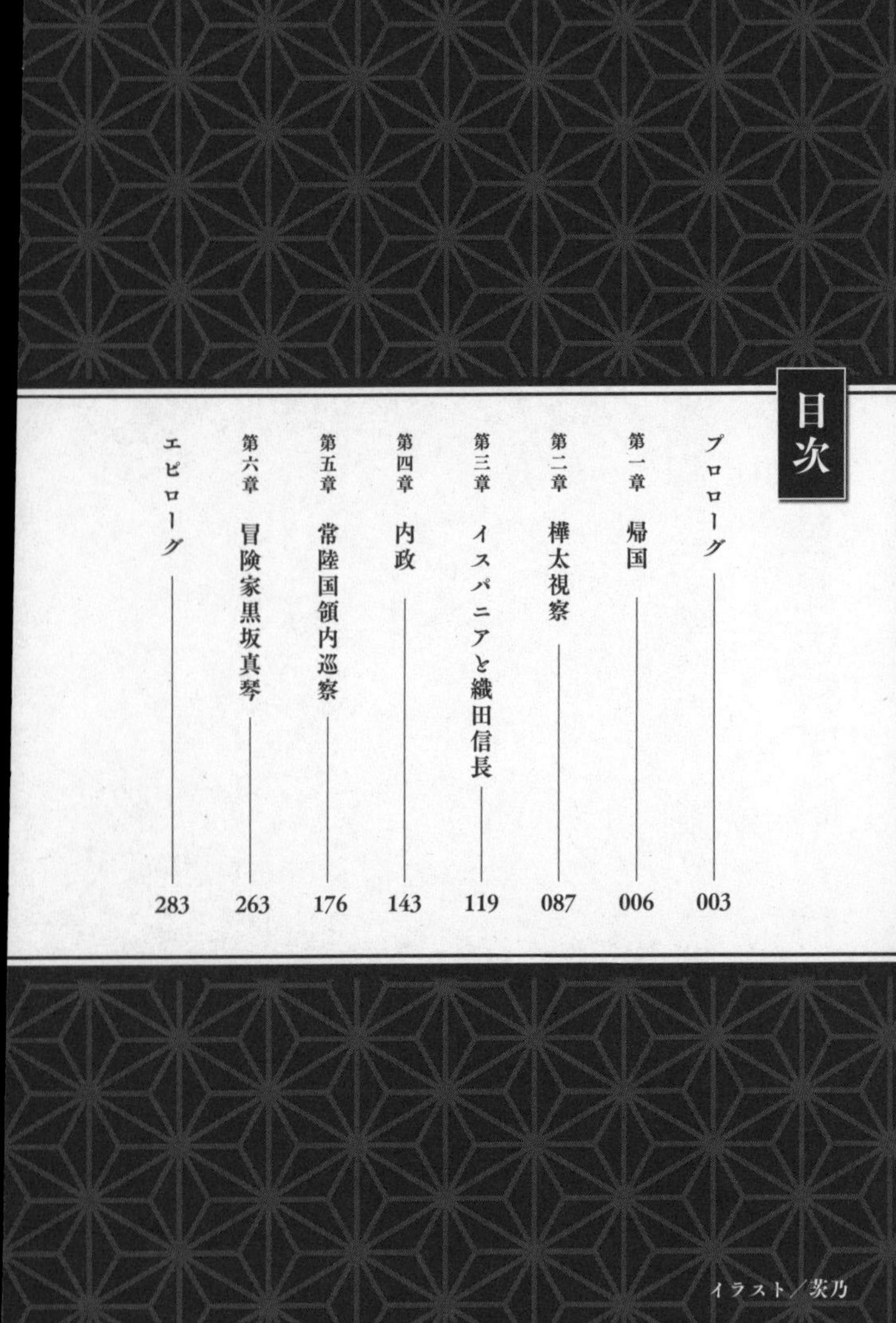

# 目次



イラスト／茨乃

# プロローグ

《語り継がれる黒坂真琴物語の分岐がされた時間線、その枝分かれした時間線上のクイズ番組》

テレビ画面は大きな木のCMをバックにおなじみの歌と株式会社常陸技術開発研究製作所グループの社名字幕が高速で流れた後、

「常陸ふしぎ発見は、ご覧のスポンサーの提供でお届けします」

アナウンスが流れ、クイズ番組のスタジオに映像が切り替わった。

「皆様、今晩は。今夜も織田信長を世界の覇者とさせた軍師・黒坂常陸守真琴を取り上げていきたいと思いますが、その前にゲストをご紹介したいと思います。先日、世界最高峰の賞で知られる黒坂物理学賞、そして、黒坂医学賞、黒坂歴史研究賞のトリプル受賞をした磯原佳代教授を解答席にお招きいたしました」

磯原佳代は恥ずかしそうに微笑みを浮かべていた。

「あら、今日は全問正解が期待出来ますわね、草山さん。他の誰よりも黒坂真琴を研究し続けて数々の世界的賞を受賞している黒坂真琴さんの幼なじみ磯原佳代さんですもの」

お上品に紹介を兼ねながら司会者に合いの手を入れた白柳鉄子さんのほうを向いて、顔の前でとんでもないと、手を横に振っている白衣を着た磯原佳代。

「そんな私はただ真琴君とまた会いたいと頑張っているだけで……」

「愛の執念がかき立てた研究心、凄い、タイムマシンがもうすぐ実用化と言われているのにそれがただ幼なじみに会いたいと言う愛の力だなんて！」

感極まり涙と鼻水が出て来てしまう。

「野々町君は愛に本当に弱いでんなぁ、ほら、ティッシュ」

「ありがとうございます。板西さん」

「タイムマシンって完成したら莫大な儲けがありますね？」

「板西さんは本当にお金ですね」

司会者が大黒様のような笑顔の中に呆れを混ぜた視線で見ていた。

「タイムマシンは儲かりませんよ。研究を続けた結果、片道切符なのがほぼ確定しました。それに過去に行ってギャンブルして一儲けも難しいかと、例えて言うなら競馬で同じ馬が勝つ時間線に行けるか数兆分の一の確率」

「ほな、金になりませんのか？　残念でんなぁ」

残念そうにする板西さんを横目に、白柳鉄子さんが、

「片道切符？　なら誰がタイムマシンの成功を検証するの？」

「成功の検証はこの世界線では出来ないですね。別の時間線でなら私が過去に関わった歴史が知られることになるかとは思いますが、私達が知っている真琴君の伝説の中には私は登場していないので」

「えっ？　それってもしかして？」

スタジオにいた全員が、磯原佳代の顔をジッと見つめ静寂となった。

「私のことは良いですから、真琴君のクイズにいきましょう、ねっ、草山さん」

「そうですね、それでは今日は世界を旅した黒坂真琴の束の間の休日から出題したいと思います。クイズ歴史ふしぎ発見！」

# 第一章　帰国

「なっ、俺も帰って土浦の花街で遊びたいのによ！」

「慶次、俺は帰るがイスパニアに残ってくれ」

俺は日本国に戻るメンバーを考える中、懐に入れてある鹿島神宮のお守りが何かを知らせるのか静電気のようにビリッと衝撃が体に走った。

「お告げか……念の為うちの忍び達を多く残すか」

イスパニア出発直前に前田慶次を残す保険をかける。

蒲生氏郷、前田利家、羽柴秀吉の艦隊がいるがどうも織田信長付近が手薄な気がする。

その不安を埋めるために、

「頼むよ、この通り」

俺は拝むように慶次に言うと、

「御大将がそこまでして頼むって事はなにかあるんだな？」

「あぁ、ヨーロッパに潜む秘密結社が気になる。やつらは日本で言う『草』と一緒で町に潜んで暮らしている。シオン修道会、フリーメイソン・イルミナティ、俺が知る名を出しても意味はないのかも知れないが様々な思惑を持った集団が潜んでいる」

都市伝説番組や、映画の題材で出て来ている秘密結社の名前が頭にパッと浮かんだが、その名前は20世紀に名付けられた物が多いらしい。

しかし、その芽となる『草』は潜んでいる。

長い歴史を持つヨーロッパなら当然だ。

イスパニアの混乱に乗じて何かしら動くのではないかと不安がある、それを御守りが警告しているのでは？

「しかたねぇ～な、あいよ、わかったよ、御大将の嫌な予感は信じねぇとな。異国の草は町の者と飲み仲間になって探ってみるさ、良からぬ事を企む者は始末しちまうけど良いな？」

「ああ、頼んだ。それと信長様が様々な所に動くだろうから、警護に忍びを多く残しておくからその統率も頼むよ」

「はぁ？　そっちは霧隠才蔵あたりを残してやってくれよ、上様ジッとしてるわけねぇから草をじっくり探すのに俺は無理だって」

「そうか、それもそうだなぁ、よし、信長様の護衛には霧隠才蔵とその配下戸隠衆を残しておく」

「だいたいよ～甲賀衆を飼ってる森長重が上様のおもりについているんだぜ、御大将心配し過ぎと思うぜ、長重の槍の腕は一流だ。俺が大将に雇われるときに連れてきた甲賀衆はもう藩の学校師範になって忍びの術を教える隠居になっていて大半は代替わり、つながりはほとんどなくなったから詳しいあちらさんの忍びの腕は知らんが」

「ん？　森長重？　だれ？」

「御大将？　真面目に言っている？　力丸達のバッチの弟だぜ、まぁ～しばらく羽柴の与力として九州にいたから大将とは会ってないはずだが森の兄弟の名くらい知っているもんだとばかり思っていたが？　上様の護衛にと公方様が命じて最近こっちに来たってわけよ」

「えっ！　森三兄弟だとばかり思っていたんだけど？」

「はぁ～まじか～まっ、そういう家臣が上様にもいるって事よ。取り敢えずその南蛮の草どもは刈るから気にせず帰って良いぜ」

「ありがとう、数年で帰ってくるから」

「へいへい、異国の酒を飲みまくってやる」

笑顔で言う前田慶次、その表情は全て任しとけと言う安心感を出させる笑顔だった。

口ではいつも面倒くさがるが真面目に働く前田慶次、長い付き合いなので表情でわかってしまう。

根は真面目だ。

さて、霧隠才蔵を呼ぶかって天井裏の警護の番が丁度霧隠才蔵だった。

慶次はそれも知っていて名を出したのだろう。

「霧隠才蔵、前田慶次の与力としてイスパニアに残り信長様の警護を。もしもの時は対岸の真壁氏幹の所に信長様を逃がすようにして、そこからインカに渡れば大丈夫なはずだから」

「はっ、この才蔵必ずや上様の御身、お守りいたします」

1603年　12月末
イスパニア帝国を滅ぼした俺は織田信長の強い勧めがあり一度日本に帰国することとなり途中いくつかの港で補給をしながら大西洋から喜望峰を通りインド洋、そして太平洋に出た。

長い船旅はもうすぐお終い、大阪城港に入港した。

「ふぅ～久々のまごうことなき日本ね」

少し不思議な言い回しをするお初だが、世界各地に日本国領が点在している為、今の言葉は日本列島を意味している。

世界各地の港を金銀や物資と交換、買い取りをし日本領としている。

その為、ここに到着するまで寄ってきた港の多くは日本国港なので今の言い回しになる。

「マコ～早く挨拶済ませて常陸に帰ろうよ～」

「そう急(せ)かすなって、大阪の港に配備されている船も見ておきたいからさ」

「私はめんどくさいからぁ～船で寝てて良いですかぁぁぁぁ～？」

「あんたねぇ、真琴様の護衛としてちゃんと働きなさいよね！」

下船を嫌がる弥美(やみ)に対してお初が叱ると、いつものやり取りに桜子(さくらこ)が苦笑いしていた。

「まぁ～大阪と安土(あづち)の行き来だけだから護衛は最低限で良いよ。弥美、休日で良いよ、ラララも通訳で疲れたでしょ、少し休みで」

「やったぁ～」

「わちきは疲れなどないであんすが？」

「真琴様がそう言うなら、ってラララは休んだ方が良いわね、声がガラガラで潰れそうだもの」

心身は至って健康だが喉だけはガラガラってまるでＶＴｕｂｅｒのようだ。

「小滝(こたき)、ラララの喉に良い物を作ってあげて」

「はいでした。右大臣様」

「弥美、船でララの護衛ね」

「うぅぅ、それなら仕方ないですぅぅ」

口を尖らせながら言っていた。

大阪城港は今現在、三法師、元服で名を改めた織田秀信が城主として治めており、織田信長の孫であり俺の長女彩華の許嫁、裏切りの心配は極めてない。

実際桟橋で出迎えた重臣と思われる人物は平身低頭で挨拶、脇を固める家臣の中には数名見知った顔が。

常陸の学校卒業生で彩華の家臣として先に織田家に慣れるために仕えているのだろう。

「右大臣様の船を迎えられることが出来るなど光栄にございます。長旅の疲れを是非とも当城で癒やして下さい。早馬を飛ばし、有馬から湯を運ばせます」

「いや、その義には及ばず。ここの造船所を見たあと、帰国の挨拶をしたいので安土に登城したい。信忠様に帰国の挨拶を致さねば。その前に秀信殿は？　連絡船から来る日本の状況報告ではここの主となったと読んだが？」

俺は幕府の臣下ではないが、安土幕府の正式な役職『副将軍』と言う重要ポストに就いている。

平成で例えれば社外取締役、社長に挨拶に出向くのは極々当然の事。

「上様と我が殿は新年の祝賀の儀、大名の挨拶を受ける仕度で京の都、銀閣寺城にご滞在中でございます」

「おっ、それなら近くて助かる。すぐに出向こう」

「はっ、ではこちらで護衛の兵と馬車を準備致すのでしばらくお待ちを」

1時間ほどで100人の護衛と来賓用馬車が用意され、それに乗って京都に向かった。

来賓用馬車は常陸国で作られている馬車、昭和の霊柩車みたいな装飾がある軽自動車くらいの大きさの馬車、室内に4人、運転席となる外前方に2人、後ろには荷が乗せられる小さな荷台があり荷物、もしくは護衛2人が立った状態で乗れる。

合計8人乗り馬車を馬6頭で引く物だ。

小さく、『製造・HITACHI』と馬車最後部に金色の装飾があるのがなんかジワッとくる。

俺、もしかしてHITACHIの創業者？

んなことは未来でしかわからないか。

街道の整備は進み、馬車がすれ違うことが出来るほど広い幅がある。

荷を積んだ馬車、牛車が時折京都から大阪へと向かっている。

「往来する民の顔は穏やかで身なりも良いわね。国が富んでいる証拠よね、真琴様」

「そうだね、体格も良いみたいだし、食に困っていることはなさそうだね」

「マコ～、茶店から良い匂いしてるよぉ～寄ろうよ～賑わってるよ、きっと人気のお店なんだよ」

「お江、我慢しなさい。右大臣が茶店に寄ったなんてわかってしまったらめんどくさい事になりかねないでしょ、それにこんな服装の真琴様を馬車から出せないわよ」

「えぇ～たこ焼きって幟がこっちにおいでと誘ってるよ、姉上様」

「誘ってない」

「誘ってるよ～」

「お江、京都までは我慢。人が集まると茶店に迷惑になってしまうからね。それに馬車寒いから早く城に入って温まりたいよ」

「ほら、真琴様がまた風邪で寝込んでしまったら大変でしょ？　風邪ひきやすいんだから先を急ぐわよ」

「はぁ～い」

たこ焼きはうちの学校・食堂から一般的な料理として広まったが不思議な事に関西圏で特に人気となり定着した。

ソースも平成に似た物が出来、茶店の前を過ぎるときにはそれが鉄板で焼けた良い匂いが漂っていた。

「お江が言うように確かに良い匂いが」

「でしょ？　マコ～寄ろうよ」

「駄目、先を急ぎますよ」

「お江様、たこ焼きなら私が作って差し上げますから」

お江は桜子になだめられ、さらにお初の拒否権発動により馬車はひたすら京都に向けて進んだ。

腹の虫を抑えながら京都に入り、銀閣寺城に到着すると門で一悶着（ひともんちゃく）となってしまった。

「失礼ではございますが、役儀により見聞いたしますぞって、熊？　動いている熊が馬車の中に！　熊を城内に入れることなど見過ごせぬ！　いくら大阪織田家の馬車とはいえ見過ごせぬ！　出会え出合え、馬車の中に生きた熊がいるぞ、捕まえよ！」

「馬車に生きた熊？　あっ、待て！　それはきっと熊の衣を身に纏（まと）う右大臣様だ！　無礼を致すな！」

「え!?　あの熊の姿で登城したと言う伝説の？」

二人の門番のやり取りが聞こえると、お初はため息を吐（つ）き、お江と桜子はケラケラと笑っていた。

京都の12月は恐ろしく寒い。

熊の毛皮を頭からすっぽりと被（かぶ）り門を過ぎようとしたとき、馬車内を確認する門番が慌てて城内に入れないようにしようとする。

当然のことだろう。

城内で暴れたら大変なことになる。

だが、熊皮着ぐるみを着た俺だ。

「あぁ、黒坂常陸だ。寒い。すまぬが早く通らせてくれ」

「ご無礼の段お許し下さい。どうぞそのままお進み下さい」

俺が熊の毛皮を着て入城するのは当たり前の事となっている。

以前呼び止めた門番は、今は門番頭になっており慌てて銃剣を俺に向けようとしていた若い門番を蹴り倒した。

「もぉ～、門番の前では頭くらい取って顔見せなさいよね」

「寒いんだから仕方ないじゃん、これを被ってないと耳が痛いんだもん。はぁ～足先も冷えてきた。早く温まりたい」

「はぁ～呆れて言葉にならないわ、馬車の中にこたつ持ち込ませた方が良かったかしら」

「おっ、それ良いね」

話をしていると、大手門が開く音がし、太鼓櫓からは大名が登城したときの知らせの調子で和太鼓が勢いよく奏でられた。

馬車に乗ったまま城内に入る。

登城が伝達されるとすぐに銀閣寺に案内され馬車から降りた。

今日の銀閣寺も銀色に光り輝いている。

酸化しやすい銀箔は年に一度、新年を迎える前に張り替えられる。

もうすぐ年越しを迎えるため、丁度張り替えられたばかりだそうだ。

銀閣寺を銀色に保つことは織田幕府の潤沢な財布事情を表しており、行事や宿泊客がないときには一般に公開して見せている。

安土城完成時自ら入場料を取って公開した織田信長、それを引き継いでいるとのこと。

今日は急遽俺のために公開停止となったそうだ。

楽しみにしていた人ごめんなさい。

銀閣寺内のいつもの部屋に入り紋付き袴に着替えていると、

「大殿、三河守様が挨拶をしたいと申しておりますが」

猿飛佐助が知らせてきた。

「私が断ってこようか?」

「お初、良いよ、お通しして、桜子に茶を出させて、あっ、寄港で仕入れた紅茶を出させてあと甘いクッキーあったよね？　あれ出して」

「ふ～ん、渋い茶じゃないって事は持て成すんだ？」

「内政の期待に応えてくれたからね」

「なら、私の出番はないわね、お江、聞こえた？」

「うん、わかった、でもマコの事見守るのにここが良いから」

「なら私は着替えて少し休ませてもらうわ」

お初が退室してすぐ渡り廊下のうぐいす張りで鳴る足音が近づいてきた。

徳川家康が笑いを堪えながら障子を開けて入ってきた。

「失礼いたしますぞ、常陸殿、いや～熊が登城いたしたと城内大騒ぎでございますぞ」

ニコニコと楽しそうな笑顔だ。

よほど俺の毛皮姿が話題になっているのだろう。

「三河殿、お久しぶりで」

「いやはやいやはや、何年ぶりでございましょうか？　まぁ～そのような事はさておき、南蛮でのご活躍は常々知らせが来ておりますぞ。若様がそれを聞く度に世界に出たいと申されて諫めるのが大変と、守役の佐々殿がぼやいていましたぞ」

三法師・織田秀信の守役、佐々成政は与力大名になっている。

俺と森力丸の関係性に近い。

「失礼します。異国のお茶を持って参りました」

桜子が入室して、ティーポットからカップに紅茶を注ぐと良い匂いが部屋に広がり、徳川家康は目を瞑りながら、鼻で胸一杯に息を吸い込んだ。

「なんとも言えぬ良い香りにございますな」

「インドで作られた紅茶です。どうぞ」

「ちょうだいいたします。お〜なんとも香り高きお茶、美味しい」

「気に入ってもらえて何よりです」

「若様がこれを召し上がったらまた異国に行きたい病が……はぁ〜」

「はははははっ」

「笑い事ではございませぬ、常陸殿。国政だけでなく織田家の行く末を真面目に考えているのですから」

「これは失礼しました。しかし、世界で戦えるのは三河殿が内政に勤しんでおられるおかげ、そうですか、秀信殿が異国に行きたいと……しかし秀信殿は織田家を継がれる身、軽挙妄動は控えるよう舅としてお諫めいたしましょう」

「そうしていただけると助かります。私など最早老体、多くのことを息子秀忠に任せております。そろそろ隠居して駿府で富士の山を眺めながら余生を過ごしたいと思っています」

「老体と言うほど老けているようには見えませんが？」

　でっぷりとしたお腹、肌艶もよくまだまだ現役で働けそうな徳川家康。

「黒坂家秘伝滋養丸がよう効いているみたいで体はすこぶる元気、ただ老体がいつまでも出しゃばっているのはと」

俺のためにと作られた精力剤は改良され滋養の薬としてうちの医療学校で作られ、大名からの注文が殺到している。

あのなかなか子が出来ずに悩んでいた羽柴秀吉に子が出来たことが噂として広まったせいらしい。

挨拶と世間話をしていると、織田信忠の側近が呼びに来た。

「上様が予定していた行事より右大臣様が優先だと申され茶室に是非にと」

「ならばすぐに行きます。三河殿、これにて」

「次会うときは駿府の城でおもてなしさせていただきたいですな」

徳川家康とは別れ、茶室に入ると信忠と秀信が先に座って茶道具の手入れをしながら待っていた。

「お待たせしてしまい申し訳ない」

「いや、丁度湯が沸いたとこ、お気になさらずどうぞ、寒いでしょう火鉢のそばへどうぞ」

萌美少女が描かれた火鉢が俺の着座位置を表していた。

着座するとすぐに茶が点てられる。

ゴクリと一口、

「おっ、美味い」

「はっはっは、私の腕も常陸殿に喜んでいただけるまでになりましたか?」

「はい、渋さの中にある甘みを引き出した良い味で、それに湯加減が良い。今日は冷えるのでこの熱さが体を中から温めてくれる」

「そう喜んでもらえて何より」

「父上様、よろしゅうございましたね。常陸様、いや、義父様と呼ばせていただきます」

「ん?」

「昨年、彩華姫が輿入れ致しました」

「おっ、約束していた婚礼が無事終わりましたか?」

「はっ、滞りなく」

「ん? それにしては大阪の城にはいなかったようですが? 会えておりませんが?」

父親らしいことはあまりしてやれなかったが、実母のお初もいるので無視されるのは考えにくい。

「彩華は今は雄琴で湯治を」

「湯治? 彩華が? どこか具合が?」

「いやとんでもない、すこぶる元気ですが、その懐妊いたしまして、体を冷やさぬようにと大叔母様の勧めで雄琴に。近江や大阪の冬は寒うございます。冬も暖かな常陸育ちにはきつかろうとおっしゃいまして」

「えっ！ 俺に孫!?」

驚く俺に向かって織田信忠親子は笑みを浮かべていた。

「お初にはそれは言いました？」

「いえ、先ずは常陸殿に伝えるのが筋、家臣には口止めをしておりました」

外から玉砂利の上を走る足音が響くが外の護衛が騒いでいない。

ん？

「失礼します。真琴様、母上様から京都にいるなら雄琴に寄りなさいって知らせが！ 具合が悪いのかも！ 私、ひとっ走り馬で」

「お初、慌てるな。丁度今その話をしていたとこ」

息を荒立てているお初を茶室に招き入れ、

「義母様、どうぞ茶を」

「秀信殿、茶など……義母様？」

「だから、彩華が輿入れして懐妊したから、雄琴の湯があるお市様の領地にいるんだって今聞かされたとこなの、慌てる事じゃないんだから」

「えっ！ 私に孫!?」

「くはははははっ、お二人はよう似ておられますな、お初殿、茶を点てますのでこちらへ」

俺の隣に座ったお初は温めに点てられた茶を啜って大きくため息を吐き、

「彩華に子って本当？」

「義母様、このようなめでたいことに嘘を言うなどあり得ましょうか？」

「そっ、そうよね、そっか……私達に孫かぁ～」

嬉しい気持ちの中に曇りがあるようにふと見えたが、口に出さないでおこう。

俺は話が一端落ち着いたので、挨拶を続けた。

「今日こちらに登城したのは帰国の挨拶をしたかったため」

「それはご丁寧にありがとうございます。本来常陸殿は臣下ではないので無用なことなのにわざわざ寄っていただいて」

「いや、俺だからこそ許されていた無礼の許し、しかし、黒坂家はいずれは幕府、いや、織田家の臣下に」

「そのようにお考えが？」

「えぇ、まぁ～、茶々と話を詰めていずれしかるべき時に」

「黒坂家、この織田家を支えていただけるなら臣下となりましても今の待遇を約束いたします。起請文でお約束いたします。その昔父が常陸殿を客分と致したときのように」

「お気遣いありがとうございます」

「数日、こちらにお泊まりですか？」

「いや、明日、雄琴に行き、そのまま常陸に帰ろうと思います」

「ゆるりとしていってくだされば良いのに」

「久しぶりに常陸で年を越したいので」

「なるほど、それは止められませぬな」

「義父様の異国の話を聞きたかったのですがお忙しい身、またそれはいずれ」

無理に時間を空けたらしく家臣達が右往左往していたため、俺は早々に茶室から出て自室がある銀閣寺に入ろうとしたとき、お初は振り返って天守を眺めていた。

「お初は今モヤモヤとしているんだろ？」

「流石に隠せないか、そうよ、父上様の仇である織田家、その宗家に嫁いだ我が子が子供を身ごもった。流石にもう伯父上を憎む気持ちはないけれど、でもなんだか複雑で……これが戦国の世の習いと割り切れれば良いのですが」

「割り切れなくて当然の事だよ。ただし、彩華にはその気持ちを感づかれないようにしないとね」

「わかっているわよ」

しばらく見続けていると雪が舞ってきた。

「マコ～、姉上様、何してんの？　風邪ひいちゃうよ」

お江が部屋の中から呼ぶと、お初は、

「あのような時代にならないように私は働くだけ、真琴様、ちゃんと気張りなさいよね！」

バシッと俺の背中を叩(たた)いて、部屋に入っていった。

次の日、俺たちは少ない供回りで大阪で借りた馬車を使い雄琴温泉に向かった。

現在、西近江は蒲生氏郷(がもううじさと)の息子、蒲生秀行(ひでゆき)が治めており俺が統治していた頃の改革をそのまま進めており大きく発展している。

身分がばれれば歓待で時間を取られてしまうので、近江大津城を素通りし雄琴温泉に向かう。

温泉街の入り口には関所が設けられており、馬車は止められた。

「今、雄琴には織田秀信様正室が滞在中、怪しき者を通すわけにはいかぬ。中をあらためさせていただく……！　熊？　あっ、これは失礼いたしました、右大臣様」

最早、お約束という奴(やつ)だ。

俺の防寒着、熊の毛皮で怪しまれたが意外にもすぐに身分がばれてしまう。

「えっ、わかるの俺の事？」

「勿論(もちろん)でございますとも、蒲生のお殿様だけでなく、お市様からも聞かされております。

婿殿は大層な寒がりで冬は熊の姿をしていると」

「はぁ〜、母上様は何を吹聴しているのやら」

お初が軽く首を振り呆れながら言っている横で、お江はケラケラと受けていた。

「娘と義母様に会いに来た。通らせてもらうぞってどこに宿泊？　お市様の館？　雄琴屋？」

「はっ、藩御用宿雄琴屋に逗留中でございます」

「藩御用宿？　まあそこなら場所はわかる、俺が来た事は内密に頼むよ」

「はっ、かしこまりました」

馬車を進ませて向かうと、空堀と俺の背より高い塀、その屋根には忍び返しを張り巡らせた大きな宿があり、銃剣を付けた歩兵銃を持つ門番が立哨していた。

「マコ〜先に下りて事情説明してくるね」

止める間もなくお江が下りると、怪しまれたのか銃剣の矛先が向けられた。

その瞬間、跳んだお江はその門番の後ろに回り手刀を首後ろに当て気絶させてしまった。

「あっ、いつもの癖でやっちゃった」

舌を出して笑ういつものお江にお初が大きくため息を吐く。

もう一人の門番が笛を鳴らして中に知らせると次々に鉄砲や槍、薙刀を持った兵が出て来てしまった。

「おのれ何者！　大人しくせよ、さもなくば容赦せず」

「あぁ、お江なにやってるんだか、私が止めてくるから真琴様はまだ出ないでよ」

お初が、馬車を降りると、

「少納言黒坂初です。娘彩華の顔を見に来ました。馬車の中には右大臣もおいで、武器をしまいなさい」

「右大臣家！　門番を倒したのはもしや噂名高き漆黒のお江様？　失礼いたしました」

武器を背中に隠すようにし、跪くのを見届けて馬車から降りる。

「お江、先に名乗りをしてよね、はぁ〜っとに、その門番には悪い事をした。お江、流石にすぐに起きるくらいには手加減したんだよね？」

「うっ、うん小一時間くらいで起きると思うよ」

「っとに、目が覚めたら俺が謝っていたと伝えて欲しい、桜子悪いけど目が覚めるまで介抱をたのむよ」

「はい、わかりました」

桜子がその兵士に歩み寄ると、同僚達がその者を背負い、

「いえ、武士としての恥、目が覚めたら鍛え直します。右大臣家に迷惑をかけるなど出来ませぬ。どうか私達にお任せを」

桜子が困り顔で指示を目で要求してくるので、

「蒲生家なら卒業生徒もいるはずだから任せよう」

「そうですね、小糸さん達の教え子がいるはずですから大丈夫ですね。彩華さんの侍女にも生徒はいるはずですから」

蒲生家の家臣に向かって俺は、

「お江は特別だから本当気にしないで、その者に罰は与えないよう右大臣として厳命する。それより忍んで来ているから騒ぎは大きくしたくない、中に入らせてもらうよ」

今の騒ぎを行き交う人々が歩みを止めて見ている。

さらに人が集まり出す前に宿の中に移動する。

「はっ、こちらへ、案内させていただきます」

二階建てに新築された雄琴屋は小さな天守と呼べるような外見になっている。

案内されるまま玄関に進むと腰が90度に曲がった紋付き袴の老人と、40代中頃と思われる顔がよく似ている者が同じく紋付き袴で仰々しく出迎えた。

「お懐かしゅうございます。雄琴屋長兵衛にございます。また常陸守様にお目通り叶うことになるとは長生きしていて良かった」

「藩御用を仰せつかった二代目雄琴屋長兵衛、どうかお見知りおき下されば大変光栄なことにございます」

丁寧な挨拶を受けた。

「雄琴屋殿、我が娘が世話になっていると聞きました。案内を」

玄関で足を盥の湯で洗ってもらっていると、奥から彩華が出て来た。

「父上様！　母上様！」

侍女に右手を添えられながら左手でお腹をかばい片膝を付いて頭を下げる彩華。

「お久しゅうございます。父上様、母上様、それとお江の母上様に桜子母上様まで来ていただきありがとうございます」

桜子にもしっかり向いて会釈をした。

「挨拶なんて良いから床は冷えるでしょ」

お初が彩華に近づき手を取ろうとすると、

「あれ？　床温かい」

「おばば様が私が冬場過ごすのに、と輿入れしたときにご自分の財で宿を建て替えさせたのです。常陸の国から大工を呼んだので父上様の寒がり対策仕様となっているのですよ。床の下は信楽陶器で出来た管が張り巡らされ湯が流れております。その為、宿全体が温かいのです」

「あはははははっ、母上はこんな所にお金をかけて何をしているのやら、あはははははっ」

お初は大笑いでウケていた。

大広間に通されると、上段、上々段の間がある作りで、大名が逗留する仕様だ。

ここも床暖房仕様で温かい。

改めて彩華から挨拶を受けて茶を飲んでいると、

「あらあら、本当に帰って来られたのですね」

お市様が部屋に入ってきた。

「義母様、お健やかのご様子でなによりにございます」

「母上様、彩華が世話になっているようでありがとうございます」

「なに当然のことをしているまでですよ。織田家と黒坂家、そして浅井家の血筋を残すひ孫が生まれるのです。私が面倒見なくてどうします？　安土や京、大阪は常陸の国で育った彩華には格段に寒く感じるでしょう。大事を取ってこちらで預かったのですよ。それに天下は治まったとはいえまだまだ戦国の世を忘れられない者が多くおりますからね」

「だいたいの武将は海外遠征に出たと思うのですが？」

「武士の働き場は確かに新天地が出来ましたから大名達は大人しいのですが……」

「母上様？」

一呼吸置いてお市様は、

「お公家さんがねぇ……」

「朝廷か、そろそろはっきり政治から切り離さないと」

「常陸様には考えが？」

「えぇ、まぁ～」

「私がみ～んな始末しちゃおうか？」

ケラケラと言うお江の膝をバシッと叩くお初、

「あんたねぇ真琴様の命があるまで絶対勝手に暗殺しないでよ。下手に殺すと却って混乱になる、そうですよね？　真琴様」

「あぁ、それに帝は日本いや、大和から続く尊い歴史だと思うから絶やすことは日本人として出来ない」

「神から続く家系だから？」

「ん～人間は人間だからそれは否定するけど、神武天皇の時代からこの国を統治してきた血筋を勝手に絶やすことはして良いのだろうか？　だからといって一大名みたいに扱って良いのだろうか？　ずっと考えていたんだけどね」

「その口ぶりだと答えは出ているみたいね」

「まぁ～ね、あとは信長様と相談して決定かな」

それを言うと、皆は納得したのか、コクリと頷いた。

俺が出す政策は必ず織田信長を通して決定するように進めてきた。

今回も勝手には進めない。

「父上様、母上様、そんな話より久々の日本の味を食しながら異国の話を聞かせて下さい」

彩華は目を輝かせて言った。

その晩、久々に家族水入らずの時を過ごすことになった。

雄琴の湯で体を温めると夕飯時となった。

「ぶはぁ〜うわぁ〜久々にくらってしまった」

「ん？　父上様どうされました？」

「これ鮒寿司だよね？」

「そうですがどうされました？　常陸でも霞ヶ浦の鮒で作らせていたはずですが？」

「これは茶々達や桜子達の好物だから作っていたんだよ。俺は……」

「そうだったのですか？　私はてっきり父上様がお召しあがりになるとばかり、私も好きでこれを納豆と蘇と一緒にご飯に乗せて湯漬けにするのが好きなのですが、父上様はお嫌いでしたか」

彩華の味覚を疑ってしまう。

納豆と和風チーズ蘇と鮒寿司を乗せた湯漬け、滅茶苦茶な臭いを醸していそうだ。

「彩華、仕方ないわよ。真琴様は城をほとんど空けていたのだから。真琴様の皿のは私がもらうわ。食べ物を粗末にしたくないし、久々の故郷の味堪能させていただきます」

お初は珍しく酒を飲み、鮒寿司のなんとも言えない匂いと味を楽しんでいた。

翌朝

「数日泊まっていっては駄目なのですか？」

旅仕度を済ませた俺たちに彩華は寂しそうに言うが、

「姉上様にまだ帰国の挨拶を済ませていないのよ。だから早く帰らないと、彩華の元気な姿が見られたから良いのよ」

お初は彩華の手を取りながら別れを惜しむ素振りを見せずに言った。

「ゆっくりしたいが年越しを常陸の城で迎えたい、彩華、くれぐれも体を大切にな。義母上様、彩華のことよろしくお願いします」

「勿論よ、心配しないで貴方たちは貴方たちのすべきことをしなさい」

「はっ、義母上様」

いつまでも別れの言葉を続けていてもきりがないので俺たちは馬車で大阪城港に向かうと桟橋では意外にも弥美が鎖鎌を手にしながら紅常陸隊と漆黒常陸隊の者達を従え船に誰も近づけさせないように警備をしていた。

「きゃはははっ見られちゃった、てへっいえ～い」

いつもの調子で笑みを見せて冷たい甲冑で抱きついてきた。

「はいはい、あなたが根は真面目なのは皆が知っていますからね、守備ご苦労様」

「きゃはははっ、お初様に褒められちゃったぁきゃはははっいえ～い」

目の横ピースの決め顔をする弥美……汗臭い。

「弥美、もしかしてずっと甲冑着ていて風呂に入ってない？」

「きゃはははっ、脱ぎ着めんどくさくてぇ～黒江も入ってないですよぉぉ」

「ぽぇ～弥美様、私は忙しくて入るのがめんどうだっただけですよぽえ～」

組頭をしている黒江が大きな胸を揺らしながら言うと、

「やめなーーー！　立哨は交代でお風呂の時間、寝食の時間はちゃんとあったでしょ！っとにあんたわー！」

同じく組頭をしている良美が丁度風呂上がりだったのか、白色の浴衣に鮮やかな青色の羽織姿で髪を拭きながら現れツッコミを入れたあと俺たちに一礼した。

「大殿様、このような姿でお許しください」

「休憩時間なら気にすることはないからって、お初、鉄扇で俺の腹を刺そうとする構えやめて」

「良美の大きな胸に鼻の下を伸ばしたら刺してやろうと思っただけよ」

「なにがだけよだよっとに、んなのに見とれていないから」

「どうだか？」

腕を組んで睨み付けてくるお初は胸が小さいのがコンプレックスなのはずっと続いていた。

大きさなんか関係ないのに、とある俳優さんが大きさより見た目より味と迷言をしているが、俺は谷間の匂いだと思う……うんうん。

「お江、弥美と船の守り交代して」

「はぁ〜い」

「弥美、黒江、他にも風呂に入れていない者は城で風呂借りて入ってきて、汚い姿で常陸の国に戻ったら、小糸になにに小言を言われるか、だよね？」

「はい、姉様に怒られてしまうでした」

小滝が困り顔で返事をすると弥美達は大人しく風呂へ向かった。

船内での健康管理は小滝が仕切っているため皆世話になっている。

小滝が困る事は出来ず仕方なくと言った所だろうが、小一時間ほどして弥美達が戻ってきた。

風呂に行っている間に船の蒸気機関の釜は出港出来るように温められ、その熱を利用した暖房で船内は冬だというのに暖かくなった。

熊の毛皮を脱いで普段着の作務衣に着替える。

「準備出来次第出港、常陸に帰る」

「そのように幸村に指示を出しておくわ」

しばらくして、大阪城港から常陸に向けて船は出港した。

大阪を出て2日目の夕暮れ、犬吠埼灯台の灯りが見えたと思うと何やら和太鼓の音が聞こえてきた。

「祭りの練習かしら?」

お初が不思議がると、お江が、

「大阪に着いたときに姉上様に早馬を出しておいたから帰りを祝う鹿島太鼓だと思うよ～」

「お江、いつの間に?」

「へへへへへっ」

ニンマリと笑う実は気が利くお江。

「こんな寒い中で奏でてくれるとは嬉しい。鹿島太鼓の音を聞くと帰ってきたんだなってあらためて感じるね」

「そうね。皆、身なりを整えなさい。すぐに鹿島です」

「「「はい」」」

お初は兵士達に指示をすると、儀礼用のセーラー服に皆着替えた。

俺も羽織袴に着替え、徐々に近づく鹿島、はい？　えっ？　完全に城塞となってしまった港に入った。

「茶々、相当奮発して整備したようだね？」

「常陸国の玄関、当然では？」

柳生宗矩に任せていた頃の質素な港からは想像出来ない程の石垣と高い土塁が作られた港。石垣作りの砲台を設置する人工的な島、所謂『台場』も作られており石積みドーム型の建物からは砲塔が見えている。

守備をしていたであろう兵士は、敵意がないことを知らせるかのように旗を大きく振っている。

「黒江達に指示して、彼らに応えるように旗印を振ってあげてと」

「わかったわ」

接岸すると白い馬が勢いよく向かって来た。それを追いかけるように、

「若様、お待ちください」

大きな声を出しながら数名走り追っている。

「武丸だな、遠くからでもすぐにわかる」

「そうね、後ろで馬にも負けない脚力を持っているのは宮本武蔵かしら？」

「俺にもそう見える」

船から下りると、武丸はすぐに下馬して、片膝を付き、

「父上様、無事の帰国おめでとうございます」

成長して声変わりも済ませた武丸が凜々しく言った。

「出迎えご苦労」

「母上様には城で待ちなさいと言われましたがいてもたってもいられず」

「そうかそうか、そう言ってもらえると父は嬉しいぞ。何一つ父親らしいことなどしてやれていないのに」

「そんな事はありません。父上様は大義を成すべきお方、気になさらないでください。それより父上様、馬車で茨城城に入りますか？　それとも船で霞ヶ浦から向かわれますか？」

「城に入る前に鹿島神宮にお参りをしたい。だが、もう日が暮れる。今日は鹿島城に宿泊、明日参拝してから馬で身分を隠し街道の様子を見ながら城に入りたい」

「はっ、ではそのように手配させていただきます」

武丸は自分の家臣達に指示を出していた。

その後ろ姿は立派な侍大将だった。

「茶々に礼を言わねばな」

「真琴様、それは違いますよ」

「ん？」

「留守を守っていた皆にですよ」

「そうだったな、皆が皆、我が子の母親として協力して育ててくれたのだから皆に礼を言わねばな」

「はい」

その夜、鹿島城に一泊し久しぶりに常磐物の魚をふんだんに使った料理を食べた。

地元の漁師が俺に見せたいと畳一畳ほどの大きな平目を見せ、手際よく舟盛りの刺身にしてくれた。

白い透き通った身は淡泊なのに深い味わいがあり絶品、特に脂ののった縁側はお江と取り合いになってしまうくらいに美味しく食が進んだ。

次の日、鹿島神宮に無事に帰国出来た事への御礼、そして戦と船旅中に亡くなった仲間達の供養の為に祭礼を執り行ってもらい、少ない供回りで身分を隠して馬で茨城城に向かう。

田畑は刈られたあと、静かな田畑かと思いきや子供達が凧揚げを大喜びで走り回ってしていた。

「子供達が元気そうだ」

「はっ、父上様、子は国の宝、大切に育てるよう父上様が出した法度がしっかり守られているか母上様が目を光らせていらっしゃいますからご安心を。困窮していたり親が亡くなったりしたら子供達は藩校でしっかり育てていますからご安心下さい」

「で、あるか」

その景色を眺めながら霞ヶ浦沿いを西に進むと霞ヶ浦では大きな白い帆を張った船が漁をしていた。

霞ヶ浦の帆引き船漁だ。

バックには筑波山が見え、冬の澄んだ青色の空、筑波山の緑、帆引き船の白色の帆、霞ヶ浦の水面に太陽の光がキラキラと反射しとても素晴らしい景色となっている。

「漁の具合はどうだ？　流石に知らぬか」

「父上様、領民の上に立つ者、そのくらいは知っております。霞ヶ浦は常陸国にとって物流の要、多くの船が行き交い漁に支障があるとの噂を巷で耳にしたので、漁を行う日と物流を優先する日を定めました」

「なるほど、それで収入が減るようなことは？」

「漁師は漁がないときは湖の足として船を出します。行き交う人々を乗せる役目を与えており、藩から日当を出しております。決して生活に困ることがないよう、前田正虎が上手く調整してくれています。慶次殿が昔、漁師達と酒を酌み交わしていたためか、正虎には心を開いて何でも相談してくれています」

「それなら問題ない。俺がおらずとも大丈夫だな」

「父上様、不吉なことを言うのはお止め下さい」

「不吉？　はて？」

「真琴様、今の言葉はよろしくないかと、不在にしていても任せられるな、がよろしいかと」

「あぁ～そう言うことか、身を案じてくれてありがとう武丸」

「当然のことです」

行き交う人々の身なりを観察すると季節にあった綿入れの上着を着ており身なりは良い。また体格も痩せ細っていないし血色も良い、畦に座り楽しげに談笑しながら握り飯を食べているお婆さん農民も見かけた。

茶店の店先では高齢と思われるお爺さん二人が煙管を吹かしながら将棋をしている。姥捨て文化がなくなった景色だ。

その何でもないような生活風景を目にし安心しながら茨城城に入城した。

大手門をくぐると、家族、家臣が整然と並んでおり、

「お帰りなさいませ。御無事の帰国まことにおめでとうございます」

変わらず若々しく綺麗な茶々が皆を代表して挨拶をしてくれた。

すると、皆から帰国を祝う拍手が起きた。

「皆、出迎えご苦労、それと留守を守ってくれた皆に礼を言う、ありがとう。ここに来る間、領民の姿を目にしたが、平穏に暮らしているのを感じられた。これは皆が良い政をしてくれていたたまものだとわかる。ありがとう」

礼を言い終わると茶々の陰に隠れる面影だけで推測出来る猿田がちらりちらりと恥ずかしそうに俺を見ていた。

その後ろに3歳くらいの女の子二人がさらに隠れていた。

「猿田、ご挨拶しなさい」

茶々に肩を押されて前に出ると、モジモジしながらもしっかり挨拶をしてくれた。

「お帰りなさい、父上様」

「猿田、ただいま。しかし、大きくなったな、あとで一緒に風呂に入ろう。ところでその後ろの子は誰だ？」

「「兄上、あれが父上さま？」」

女の子二人は声を揃えて言った。

「ん？　父上？　はっ？　もしや、千世か与祢の子か？」

するると茶々が、

「はい、千世と与祢が産んだ真琴様の子です」

1600年10月26日に二人生まれたとのこと。

「名は？」

「真琴様に名付けてもらうまでの仮の名、千世之二と与祢之二と呼んでおりました。名を考えてあげて下さい」

「そうか、あとでちゃんと考えよう。所で、その千世と与祢は？」

「年の瀬に今年最後の見回りに港検閲と寺社仏閣の参道に出される出店、市の見回りに出向いております。予定では夕方には帰ってくるはずです」

「ならば、夕飯は皆で。その時に二人には名を付けよう」

「やっと父上様から名をいただけますねのです」

桃子がしゃがんで二人の目線の高さになって言うと、コクリと頷き俺のほうを見ていた。

近づき二人を両方の手で抱き上げると、

「「ちちうえさま？」」

マジマジと顔を見て小さな手で優しく触ってくる。

「ああ、そうだとも」

「「おあいしとうございました」」

首筋に顔を押し込んで、涙声で言ってきた。

「城にいる間は存分に甘えて良いからな」

「「はい」」

俺は抱き上げたまま城に入ると、揺れで眠くなったのか、部屋に入る頃には二人は寝てしまった。

二人を桃子とリリに渡し布団に寝かせさせ、俺は武丸、北斗、経津丸、久那丸、猿田と共に風呂に入った。

久々の茨城城名物、温泉露天風呂だ。

「ちゃんと皮を剥いて洗えよ」

「父上様と風呂に入ると必ずそれ言いますよね」

武丸が懐かしげに言うと、猿田は首をひねり不思議そうにしていた。

「どれ、猿田、父が洗ってやる」

「ぎゃ～摑まないで！」

広い岩風呂を逃げ回る猿田、経津丸に狙いを変え近づくと、経津丸は危険を感じたのか、湯船から一気に塀に飛んだ。

「経津丸、わかったから湯船に戻って体を温めなさい。はぁ～お江に似てしまったか

「……」

静かに湯船に戻る経津丸、

「父上様、私は忍びの術そして陰陽術も習得し、いずれは武丸兄上を陰でお支えしとうございます。ですから忍の技を極めるお許しを」

「兄を支える覚悟、立派だ。許そう。経津丸がしたいようにすれば良い」

「ありがたき幸せに存じます」

北斗を見ると湯船に浸かったままのんびりと少しずつ見え始める星を見ていた。

北に輝く明るい星、北斗、その周りの星が夕暮れが進むにつれ少しずつ見え始めていた。

「北斗は星が好きなのか？」

「父上様、北斗七星が出てくるのを待っているのでございます。私は名の通り北斗の星が一番好きでございます。北斗の星は夜の道しるべ、そして北の空の守り神。私は黒坂家の北を守る者になりたいと考えています」

「うむ、だが、北は伊達政道が守っておるし、日の本の最北は須久那丸と男利王が守っておるが？　心配か？」

樺太には二人の息子がいる。

「樺太は遠き地、その架け橋となるのが私だと思っております」

「うむ、樺太の有事に駆けつけられる黒坂の守り人、それは確かに必要、考えておこう」

「ありがとうございます。父上様」

「皆が皆、一丸となり兄弟を助け合う気があることを父は嬉しく思うぞ」

目頭が熱くなり、涙が出そうになるのを顔を洗って誤魔化した。

久々の城の温泉で時間という隔たりを洗い流す我ら親子、娘達とも入りたいが、仁保達はもう嫁に行く年頃、流石にそれは娘達も嫌がるだろうし、俺も恥ずかしいので遠慮した。

風呂から上がると囲炉裏机がある食事の間に夕食が用意されており、城外に出ていた千世と与祢も帰ってきており茨城城で暮らす家族一同が待っていた。

「皆、揃ったか、食事の前に千世と与祢、俺が不在の中、無事に子を産んでくれてありがとう。そして、みんな支え合い子を立派に育ててくれてありがとう」

礼を言ったあと頭を下げると、

「常陸様、水くさいですよ、私達は小さな時からいっぱい甘えさせてもらいました。だから数年くらいの不在おつりがまだまだあります。ね、与祢ちゃん」

「はい、千世ちゃんが言う通りです。それに私は常陸様の占いで助かった身、常陸様の為になる事を常々考えていました。だから子が産めたこと、それにお役目をいただいて働けている今が幸せなのです。千世ちゃん、そうだよね～」

与祢が、千世に返事を求めると、二人は揃って、

「「そうだよねぇ～」」

幼さは消えたが二人は今でも姉妹のように仲が良く、シンクロさせながら言った。

その姿に千世之二と与祢之二も寄り添ってニコニコとしている。

「食事の前に、我が娘達の命名をいたす。千世之二、勝利の象徴そして稲穂の神である天忍穂耳命からあやかり『忍穂』。与祢之二、豊かな実りを授けたという天穂日命からあやかり『穂日』と命名する」

二人の名を書いた半紙を皆に見せ、お初のほうをチラリと見ると、

「はいはい、言って欲しいのね？　ちゃんとしたまともな名で良いではありませんか？　ね？　千世？　与祢？」

「「はい、もちろん」」

すると、側室達はみなクスクスと笑いながら、命名の祝いに拍手をしていた。

「わたしが『おしほ』？」

「わたしは『ほひ』？」

「「おなまえ、ありがとうございます」」

二人は小さいながらも礼儀が備わっておりちゃんと礼を言った。

「双子でもないのに凄いな」

「「父上様、二人は私達より双子みたいです」」

揃って言う本当の双子、那岐(なぎ)と那美(なみ)が言うとそれが少しおかしく、嫁達(たち)がクスクスと笑っていた。

久々の家族団らん、明るい食卓。

「さて、冷めぬうちにいただくとするか」

「はい、お兄ちゃんの大好きな鮟鱇(あんこう)のドブ汁今よそいますのです」

桃子が囲炉裏の火で煮込まれていたドブ汁の蓋をあけてよそう。

「父上様、桃子の母上様はなぜ父上の事を『お兄ちゃん』と呼ぶのですか？」

「ん？ 桃子がお兄ちゃんと呼ぶのは俺がそう呼んで欲しいからだ。妹が欲しかったから、桃子がついうっかり『お兄ちゃん』と呼んだとき、そのまま続けさせた。ただそれだけだ」

「妹に憧れ？」

「妹が多い武丸(たけまる)にはわからない事だろうがな。妹は『萌(もえ)』だ」

「父上様の『萌』とは難しい世界にございます」

嫁達はそれを聞くと大笑いしていた。

その日、嫁達の酌で珍しく飲み過ぎてしまい、旅の疲れも出たのか酔い潰れ寝てしまった。

◇◆◇◆◇

《茶々とお初とお江》

「長旅、真琴様を無事守ってくれてありがとう。イスパニア帝国の王を倒す偉業は貴方たちの支えがあってこそ」

「なにを言うのです姉上様、水くさい」

「そうですよ～姉上様、姉上様は国を守って我が子達も育ててくれた。経津丸が立派な忍びに」

囲炉裏の脇で茶々の膝枕でいびきを掻きながら寝ている黒坂真琴を見守るようにしながら浅井三姉妹は談笑をしていた。

「しかし、今回は長旅だったのに側室は増えなかったのですね？」

「戦が多かったのでそれどころでは、ただ倒した敵軍の将が自分の娘を真琴様に嫁がせたいと言う話と、オスマントルコ帝国の姫をと言う話は来ていました。他にもいつその話を切り出そうか迷っていた者は多かったみたいですが、女を物のように扱えば逆鱗に触れかねないと噂は広がっていたので様子を見ていたようで」

「そうですか、姫などを嫁がせて縁を結ぼうとするのはどこの国も一緒ですか」

真琴に体が冷えないようにとかけていた打ち掛けの位置を直しながら言う茶々(ちゃちゃ)、

「姉上様、いかがいたしましょう？」

「真琴様の力になるような縁談なら受けて良いわ。ただし、その娘達を見定めることと夜(よ)伽(とぎ)で寝首を掻かれないか、お初、お江、しっかり頼みましたよ」

「はっ、姉上様」

「マコの初夜は痛いの思い出すから見ていたくないんだけどなぁ～」

「はははははっ、確かに」

　ぐっすりと寝ていたはずの黒坂真琴は身震いをさせて大きなくしゃみをした。

「真琴様、起きて下さい。寝所で寝ないと風邪ひきますよ。今宵(こよい)の夜伽番は千世と与祢でしたね、二人が風呂から出たら連れて行くように命じて、お江」

「は～い、ちょっと見てくるね」

　お江はスタスタと風呂に向かい、茶々とお初、そして再び寝息を立てている黒坂真琴だけとなった。

「久々なのですから姉上が伽を」

「お初、我(わ)が儘(まま)を言っていいかしら？」

「えっ？　私に出来ることなら」

「真琴様と二人で湯治に行きたいのよ。だから年明け少し留守を頼まれてくれないかしら」

「そのような事、勿論の事でございます。箱根にでも有馬にでもどこにでもゆっくり行って来てください」

「そんな遠出はしないわよ。ふふふふっ」

「そうですか？　船を使えばすぐですが？」

「領外の湯などに右大臣が行ったのがわかってしまえば大騒ぎとなるではないですか？」

「確かに……」

「領内か、それとも騒ぎにはならない親しい間柄、下野国の森家領鬼怒川の湯か、伊達家の磐城佐波古の湯、真田殿の領地でも良いわね、草津、伊香保など良い湯が出ていると聞きますから、あら、真琴様お目覚めですか？」

「んっ、うん、今湯治の話していた？　なら、袋田大子温泉郷に行きたい」

「はいはい、言うと思っていましたよ。常陸の国大好きですものね。お初、そのように手配を。くれぐれも忍んで行くのですから周りの湯治客に迷惑にならないように手配して」

「はっ、姉上様、宿は藩御用宿、護衛はお江の配下漆黒常陸隊を使えば大丈夫でございます。ゆっくりしてきてください」

「ん？　みんなで行くんじゃないの？」

「も～真琴様は少しは姉上様の気持ちを汲んであげてください。あっ、ほら、迎えが来たようですよ。寝所には千世と与祢が連れて行きますから温かくして休んでください」

黒坂真琴は千世と与祢に両脇を抱えられ寝所に向かった。

飲み過ぎてこの夜は何も起きなかった。

千世と与祢に両腕を抱かれて温かくゆっくり深い眠りに就いた。

1604年　正月

俺は久々に常陸国、袋田の滝近くの温泉に浸かっている。

茨城城の天守で初日の出を拝み家族一同揃った元旦の挨拶、2日は在郷家臣団からの年賀の挨拶を受け、一通りの正月行事を済ませたあと茶々と少ない供回りだけで来ている。

ジブラルタル城から帰国し、しばしの休みだ。

日本三大名瀑の一つ袋田の滝、全面凍結という自然が作り出す絶景を茶々に見せる為にここを選んだ。

マウンダー極小期に近づいているのか冷え込みが強く、袋田の滝は全面凍結していた。

『「四度の滝と言って、西行上人が『この滝は四季に一度ずつ来てみなければ真の風趣は味わえない』と、言うが俺は八度の滝だと思っている。季節の合間の滝も見るべきだ』」

茶々と以前に来たときに言った言葉を自分自身覚えており、凍結した袋田の滝を茶々に見せたかった。

他の側室達は俺たちの食事作りをする桃子（ももこ）以外茶々に気遣い遠慮した。

桃子も遠慮するつもりだったそうだが、茶々に俺の食事は他の者には任せられないとして付いてくるよう命じられた。

だから、桃子はこの旅では完全裏方、侍女として振る舞っていた。

温泉で体を温めたあと、滝まで行く。

寒冷期がもう既に始まっているせいか、厳しい冷え込みで、滝は全面凍結し、流れる水の音はほぼない。

静寂に鳥の鳴き声が響いていた。

「あのときの言葉、覚えていたのですね」

「あたりまえだろ、どうだ？　氷結の袋田の滝は？」

「素晴らしいですね。まるで異国のステンドグラスで作ったように美しい」

「はははは、たしかにガラスのようにも見えるな。俺の時代だと好きな者はこの全面氷結した滝を登る者もいるのだぞ、確かアイスクライミングとか言うのだが」

「それは山伏の修行ですか？」

「いや、そうではなく、スポーツ……趣味だな」

「変わり者もいるのですね」

「はははは、確かに変わり者だな。寒がりの俺はまねしたくない」

「確かに真琴様は温泉に入っている方がお似合いですわ」

「寒いのは今でも嫌いだ。ははは」

「それなのにこんな氷結の凍える所に連れてきてくださいまして、本当にありがとうございます」

「なに、留守を任せてしまっている茶々の為なら天秤(てんびん)にかけるほどのことではないさ。俺の大好きな常陸(ひたち)の四季を一緒に見て欲しい、ただそれだけだよ」

「では、次は夏に来とうございます」

「よし、覚えておこう。夏は意外とこの地域は暑いところなんだぞ〜、常陸国内屈指の猛暑地だ」

「あらあら、それで温泉に入ったら茹(ゆ)で上がってしまいますね、ふふふふっ」

茨城県大子は夏は暑く、冬は寒いと言う茨城県内の中でも太平洋の影響が少ない地域。

海沿いは海流と潮風のおかげで、冬は暖かく夏涼しい住みやすい地域なのだが、阿武隈(あぶくま)山脈で隔てられた大子はそうではない。

「さて、宿に戻るとするか、体が冷えてきた」

「お風邪をめしたら大変ですからね。今では世界にその名を知らぬ者がいないほどの将軍が風邪で寝込んだら笑い話になりませんから」

宿に戻り、袋田の温泉で1週間ゆっくりとしたかったのだが……。

3日目の朝、外が騒がしい。

この時間線では山深い立地なのだが袋田大子温泉郷は常陸藩御用湯治場として発展している温泉街なので人は多い。

だがそれにしてもおかしな騒ぎが、

「真琴様、外で見回ってる漆黒常陸隊が言うには謀反などではないのでご安心をとの事です」

「そうか、だが気になる。外に出る仕度をしてくれ」

「なら私もご一緒します。黒江（くろえ）、聞こえた？」

襖（ふすま）の向こう側で待機している護衛・大洗（おおあらい）黒江に声をかけると、

「ぽえ～？　御自らお出ましをしなくても、私が掃除してきます」

「勝手に掃除するな！　領内で何が起きているのかしっかり見たい」

掃除屋黒江に任せると皆姿ごと消えてしまう。

遺体が絶対に見つからない暗殺掃除屋だ。

「わかりました。漆黒常陸隊と裏柳生には手を出さないで陰から見ているよう命じて来ますぽえ〜」

俺は着流しに綿入れ半纏を羽織り太刀を持ち外に出ると、屋台の準備をしている人々、その店店に怒鳴り散らしながら金を要求する柄の悪い集団が、

「おらおらおらおら、ここで商売するからには所場代を払えよ」

？？？

「茶々、出店に税をかけているの？」

「真琴様が出した法度に従い出店と呼ばれる移動しながら生業をしている者の税はありません。守っておりますよ、領地を持つ家臣達も」

「ならあれらは違法に金を要求している者だね？」

「だと思います。すぐに捕縛させましょう」

漆黒常陸隊に命じて捕らえさせよと声をかけようとしたとき、

「きゃーーーー」

悲鳴が耳に届いた。

「おらおらおら、ねえちゃん所場代ださねぇなら体で払ってもらおうか！」

若い娘の手を強引に引っ張っていた。

その娘が必死に抵抗していると、隣で店の準備をしていた30代くらいの女性が、小太刀

を抜き、

「その子の手を離しな、さもなければ常陸藩校で学んだこの剣の錆にしてやるよ」

「お〜恐、みんな聞いたか、藩校出だってよ！　女が出しゃばる時代になって生きづらくなったもんよな」

「女も男も関係ない！　兎に角その汚い手を離さないとこうだよ」

その女性は間合いをじりじりと詰めていくが、女の手を離した男は、太刀を抜いた。

「丁度良い見せしめだ、我が師から学んだ一刀流でその細腕を斬り落としてやるわ」

「まずいぞ、あれは剣の使い手だ」

「あっ、真琴様、も〜」

俺が走り寄っていく間に女性の小太刀はその男の剣捌きによって弾き飛ばされ、勢いに負け地面に尻餅を付いていた。

「腕を斬られるのと俺に抱かれるのどっちが良い？　選ばせてやる」

右肩の位置に刀を構え振り下ろせばすぐに腕が斬られる状況、

「おい、こっちを見ろ、俺が相手をしてやる」

くるりと反転する男は俺を頭から足まで値踏みするかのように一度見、

「なんだ貴様は？」

「たまたま見ていた湯治客だが悪行は見過ごせぬ」

「みすごせねぇ～ってよ、だったら死ね！」

構えていた太刀を振るったが、俺はその太刀を抜刀術で真っ二つにした。

飛んで行った刀の先が宿屋の看板に突き刺さった。

「はぁ？　貴様、俺の太刀を！　お前達こいつを殺せってお前達？」

取り巻きは既に漆黒常陸隊により気絶させられていた。

「名乗りをさせてもらうぞ。我は右大臣黒坂常陸守である」

「えっぇぇぇぇぇぇ」

男は一瞬にして顔色が真っ青になった。

様子を見ていた茶々が、

「右大臣に斬りかかったのですから磔獄門です。貴方たちこの男も捕らえ、常陸国北部の治安を守る五浦の伊達政道の所に連れて行き悪行を全て吐かせてから磔にせよと私が命じたと伝えなさい」

「はっ」

漆黒常陸隊によりその男達は捕縛され連れて行かれた。

先ほど抵抗していた女性と絡まれた若い娘、そして周りにいた全ての者が跪いていた。

「あ～、それしなくて良いから、土下座の強制はしていないのに……」

「御領主様に助けていただけるなんて、ありがとうございます」

「まさか新年早々右大臣様のお顔を拝めるなんて……」

手を合わせ拝む者までいた。

「ありがたやありがたや」

「拝むのやめて、茶々どうにかしてよ」

拝まれるのは本当に困る。

茶々に助けを求めようとすると、

「真琴様、仕方ありませんよ。それほど慕われているのですから。っとに、真琴様は自ら動かず、漆黒常陸隊に命じれば事は収まったでしょうに、皆の者、私達は一介の湯治客、良いですね。気を使うことのないように、さっ、店を出す者は仕度を続けなさい。ほら、真琴様、いつまでも外にいると皆が動けませんから宿に入りますよ」

「うっ、うん」

茶々に袖を引かれて宿に戻った。

宿に戻ると、

「真琴様、そこに正座してください！」

茶々の目が恐く言われたとおりに正座すると、

「真琴様の剣の腕は信じておりますが身分を考えてください」

「ごめんなさい」

「真琴様は一介の武士ではございません。今では右大臣であり幕府の副将軍なのですからね！　だいたい御自身で造り上げた学校出身の漆黒常陸隊の腕を信じられないのですか？」

「いや、そんな事は……」

「だったら家臣に命じて御自身が刀を抜くようなことは控えて下さい」

「はい……」

「返事が小さい」

「はい！　わかりました」

茶々に正座をさせられしばらく怒られることとなってしまった。

とほほほほ。

◇◆◇◆◇

「えっと、えっと、久しぶりにお兄ちゃんに手料理出さないとってそろそろお兄ちゃん呼びやめないとかなぁ～でもお兄ちゃんって呼んで欲しいみたいだし……」

宿の台所で名物、けんちん汁そばを作る準備をしていると、

「桃子の方様、昼間の騒ぎで大殿様が助けた娘が村長と両親を連れて礼を申したいと来て

おりますがいかがいたしましょう？　茶々様にお伺いを立てますか？」

漆黒常陸隊の一人が茶々様の耳に入れる前に私に聞いてきた。

「えっと、茶々様からそういうときは丁重にお帰ししてと命じられてるのです。なので、私が対応しますのです」

「囲炉裏の間で待たせてあります」

「すぐ行きますですです」

右大臣の側室として恥ずかしくない身なりとして黒坂家の家紋が金糸の刺繍で全体に施された豪華な半被を羽織り出向くと、囲炉裏の間の隅で土下座をして縮こまっている４人がいた。

「右大臣側室桃子ですです。そこは冷えるから火の近くに来て楽にいたしてくださいなのです。右大臣様は領民を助けるのは当然とのことで礼はいらぬとのお言葉です」

「はっはぁ～、ゆるりとしておられる中、ご尊顔を拝し奉ろうなどと思ってはおりません。ただせめて御礼に村で大切に育てている軍鶏を献上させてください」

村長が丁寧に言うと、後ろにいた若い娘が、籠に閉じ込められた軍鶏５羽を差し出してきた。

「困りましたです。そのような気遣いも本当にいらぬと茶々の方様からは承っているですです」

「とんでもねぇ、これを献上したからと言ってうちらの飯が貧素になるわけでねぇので、どうかお納めくだせぇ、領主様のおかげで何不自由のない暮らしが送れ、さらに昼間など領民の為に御自ら刀を振るっていただき、礼をいたさねば他の村々から礼儀も知らぬ者として笑いものになっちまうだ。どうか、これだけでも受け取ってくんろ、あっいや、受け取って欲しいです、はい」

ん～……。

迷っていると、

「ん？　桃子どうした？　なんの騒ぎ？」

風呂上がりのお兄ちゃん……御主人様がのれんをひょいと上げて顔を出した。

「お湯に浸かりすぎて少しのぼせちゃった。雪で冷やしている麦茶とあと梅干しが欲しいんだけど、今忙しかった？　ん、あれ？　昼間の娘さん？」

「これはこれは右大臣様、おくつろぎの所に押しかけてしまい大変申し訳ございません。この近くの村長、熊野と申しますだ。昼間、私が預かる村の娘を助けていただき、また、最近入ってきたならず者を捕縛して下さり、ありがとうございます。その礼に村で育てている軍鶏を召し上がっていただきたく」

「別に礼なんて良いのに、でも軍鶏を持ってきてくれたの？　どれどれ、あ～鍋にしたら美味そうな立派な軍鶏」

「どうかお納めいただければこれに勝る幸せはございません」

御主人様は籠をのぞき込むと、

「桃子、これ3羽はそれ相応の代金支払って、2羽は礼としてもらうから」

「そんなお代などとんでもねぇ～こって」

「礼として差し出したから引っ込められないのはわかるけど、俺は領民を預かる身として当然のことをした。でも、一人の侍としてなら剣を振るって人を助けた。その礼に軍鶏をもらう。侍の一太刀、軍鶏2羽、それくらいが丁度良いよ、ね」

「ははぁ～、御領主様のお気遣いありがたき幸せ。おっしゃるとおりにいたします」

「桃子、軍鶏鍋よろしくね」

「はっ、はいのです」

お兄ちゃんはのれんをくぐり部屋に戻って行った。

「熊野殿、右大臣様が言われたとおりにいたします。よろしいですね？　です」

「勿論(もちろん)にございます。本当にこの度のことありがとうございました」

私はお兄ちゃんに言われたとおり、軍鶏3羽の代金を支払い、5羽受け取った。

軍鶏鍋かぁ～、流石(さすが)に1回の夕食に食べる量ではないよね、2羽だけ絞めるか、絞める準備をしていると、

「桃子、さっきの人達帰った？」

「はいのです、お兄ちゃん」

「対応ありがとうね、あっ、軍鶏鍋の準備？」

「今晩の分2羽で十分ですよねです？」

「せっかくだから、5羽使っていっぱい軍鶏鍋作って護衛達も同じ夕飯にしてね」

「はい、わかりましたのです」

　その日、大鍋二つに軍鶏鍋を作り、夕飯にすると、しっかりとした身で締まっているのに黄色い脂身の酷が凄く出ている鍋となりお兄ちゃんだけでなく私達も舌鼓を打った。

　お兄ちゃんが言うには『奥久慈軍鶏』と言うらしい。

「桃子、奥久慈の軍鶏を藩御用食材として飼育に力を入れるよう各村に頼んで」

「わかりましたのです。お兄ちゃん」

　届けられた軍鶏がきっかけとなり、この地域の軍鶏は藩御用として飼育が活発となり後の世に『奥久慈軍鶏』として知られるブランド鳥になっていく時間線となった。

袋田大子温泉郷で束の間の休日を過ごして茨城城に戻って色々確認する時間を作った。

日本を離れて数年で変わっていることが多々ある。

その為、色々報告書に目を通すと茶々達の官位が上がっていた。

茶々は従三位中納言から正三位大納言・常陸介となっており名実共に俺の補佐役である官位・常陸介だ。

お初も織田信長海外遠征の功績で従五位少納言から従三位中納言に昇進、お江は従五位少納言に任官されていた。

「茶々達、官位が上がったんだ？」

「ええ、まっ、官位はもう名ばかりの形式的な物です。なので手紙にはいたしませんでした。私達の事より真琴様、家臣達に褒美はちゃんとして下さいね。特に真琴様の遠征に付き合わされている家老の加増はたっぷりと。彼らは使命を持って働いていますから気にしていないとは思いますが、彼らの家臣はそうではないでしょう」

「うん、わかってるって、森力丸と同じくらいにするつもりなんだがどうだろう？」

「それで良いと思います。海外の領地で検地が済んでいる地を与えると不満の声もないはずです」

海外遠征に活躍した俺の家臣達の加増。

オーストラリアと南米、イスパニアには俺の直轄地があるので、分け与える領地には事欠かない。

俺の家臣であるのに大名並みの家禄を持つ家臣、その中に一人だけ特殊な位置にいる森力丸は幕府から下野一カ国37万石を拝領して従三位中納言・下野守となった。常陸国の監視をするのにそれにふさわしいだけの領地を与えられている。

「私の主は御大将でございます」

公言している森力丸は下野の政治は常陸国と合わせて行っている。

その為、国境にこだわらず下野も俺の常陸国政が強い影響を及ぼしている。

その森力丸に匹敵するくらいの領地を前田慶次、柳生宗矩、真田幸村、真壁氏幹、佐々木小次郎、猿飛佐助達に与えた。

石高で表すには少し難しい土地だが、これからの開拓次第で多くの収穫が見込める土地だ。

それを手紙で伝えるとありがたがる返事がもらえた。

造船業に力を入れている黒坂家。

織田信長直轄水軍配備の蒸気機関外輪式推進装置付機帆船型鉄甲船戦艦5隻を鹿島港から送り出したばかりだった。

そして今は造船所では3隻、蒸気機関外輪式推進装置付機帆船型鉄甲船戦艦が造られている。

これは幕府直轄水軍用だ。

造船の差配は森力丸が取り仕切っている。

「御大将、各地からもっと輸送力のある船は出来ないかと知恵をいただきたいと来ておるのですが」

蒸気機関を持たない船は他の大名も国策で造っている。

「輸送船かぁ、交易が盛んになっているしなぁ～スピード重視の木造帆船だけでは手に負えなくなってきたか、なら高速輸送船にも蒸気機関を取り付けられないか試そう。それと、大型化だ」

「大型化？　大型にしたら遅くなるのでは？」

「ああ、確かにそうだが試したい船がある。双胴船と言って船体を二つつなぎ合わせた船だ。三つ胴でも良いな。細い船体なら水の抵抗は少ない。だが双胴船だから積み荷は多くなる。単純に2隻分だが1隻なので乗組員は1隻分で済む」

絵にして力丸に渡す。

「なるほど、船を増やせば乗組員を増やさねばなりませんが、これならそれは考えなくて済みますね」

「先ずはうちの造船所で造らせその技術を他に教えよう」

「はっ、それがよろしいかと」

船の横幅は基本的には決まっているわけではない。

21世紀でもスエズ運河やパナマ運河さえ使わなければ無視して良いのだ。

そしてまだこの時代にはそれがないわけで横幅制限がない。

特にアメリカ大陸・オーストラリア大陸との太平洋航路重視ならなおさらだ。

資材はオーストラリア大陸・アメリカ大陸から輸入すれば良い。

造れなくはない船だ。

推進装置も外輪式からプロペラスクリュー式を試作してみよう。

今すぐの完成は難しくとも、このような品を作って欲しいと提案すると、それを試行錯誤するのが俺の家臣達だ。

原理がわかっていれば造るという事は任せていれば今まで必ず形にしてきた。

今回も数年はかかるだろうが、開発してくれるはずだ。

工業担当家老の国友茂光に指示を出すと、

「殿様、このような物で船が進むんですかい？　あっしは水車型を増やして設置した方が早く進むと思うんですが」

「スクリュー式のが船は速く進む。外輪式は水の抵抗が大き過ぎるしどうしても波の影響が出てしまう。水中の推進装置なら波の影響を抑えられる」

「そんなもんですかい？　しかし、殿様が言うならきっとそうなんでしょうな？　わかりやした。先ずは小型船で試作を繰り返しましてご希望の物が造れるようにしたいと思いますが、本当に船の底に穴を空けるのですかい？」

スクリュー式の船が開発された当初、やはり船底に穴が空いていることを嫌って採用に渋った軍人の話を聞いたことがある。

しかし21世紀ではスクリュー式が当たり前だ。

外輪式は遊覧船などで見かける程度に廃（すた）れる。

スクリュー式推進装置、おそらく問題点はパッキンになるのだろう。

水の侵入を防ぐパッキン。

「スクリューの軸はゴムを使って水が船内に入らないように工夫すると良い。ゴムも豊富に手に入っているのだろ？」

「はっ、世界各地からなんでも手に入りますから、材料には事欠きやせん。わかりやした。この国友茂光の一世一代の大仕事として新たなる推進装置の開発を始めます」

そう言って、国友茂光は工房のある鹿島に戻っていった。

◇◆◇◆◇

俺の長男・武丸は常陸国立茨城男子士官学校で剣術師範代になるまでに成長していた。

茶々と言えば豊臣秀頼をマザコンに育てたイメージが強いが、留守の間の政治を任せ、また、茶々にとって実子次男もいるせいか、極端にマザコンには育てない。

むしろ親離れ子離れが出来ている関係だ。

そんな武丸は身長も俺と変わらぬくらいまで成長した姿は凜々しく、たくましい。

常陸国立茨城男子士官学校鹿島本校を霞ヶ浦から船で視察に行くと出迎えてくれた。

「父上様、わざわざの御視察ありがとうございます」

「俺に構わずともよい、稽古を続けさせろ」

「はっ」

いくつかの区画に分けられた道場では激しい打ち合いの音が響く。

竹刀、木刀、槍、薙刀、十手、柔術、銃剣など得物ごとに分けられ練習をしている。

「皆大いに励んでいるようで何よりだ。どれ武丸、一手打ち合いをするか」

「はっ、よろしくお願いします」

道場で他の生徒の見守る中、革巻きの竹刀を手に取り、武丸と一試合する。

武丸の剣は素早さ、重さ申し分ない成長ぶりだったが、俺がこの時代に来たときのように綺麗な剣術であった。

足技を出すと途端に怯む。

「どうした、蹴られたくらいで怯むな、実戦はこんなもんではない。そして日本の剣術だけと思うな、異国の国々には勝るとも劣らぬ剣術使いはぎょうさんおるぞ、色々な武器の使い手がいることを心得よ」

「はい、父上様」

約1時間、武丸をこてんぱんに打ちのめした。

武丸の剣術は鹿島神道流と柳生新陰流の合わさった剣術に育っている。

なかなかの強さだ。

「ここまでにしよう」

「ありがとうございました」

爽やかな笑顔で負けた悔しさより、父親に相手をしてもらった嬉しさのほうが勝っているのがわかる。

武丸と一緒に風呂で汗を流す。

武丸は背中を力強くゴシゴシと洗ってくれる。

ヘチマで洗ってくれるのだが、背中の皮がなくなるのでは？　と思う力だ。

だが、その力強さが父としては嬉しい。

「武丸、元服をいたせ、いずれ航海には連れて行きたい。世界を父と一緒に見よ。俺の跡を継ぐ以上世界を見聞きし学べ」

「はい、父上様、南蛮の地に行けるのですね」

「そうだ、様々な文化に自らが接して学ぶ事こそが重要だからな、次が難しくとも必ず連れて行くからしっかりと鍛えよ。常陸国近海で船に慣れておくのも良いだろう」

「わかりました。父上様のように海にも慣れ、また他文化も尊重出来るようになりとうございます」

立派に育っている。

素直に嬉しく、俺は顔を洗うように嬉し涙をごまかして流した。

茨城城に戻り、武丸の元服後の名前を考える。

茶々に相談すると、

「黒坂家当主である真琴様にお任せします」

「良いの？」

「武丸は次期黒坂家当主、真琴様自ら名付けるのがよろしいと思います。それに真琴様は名付けるときは真面目に付けるので、信じていますから、萌美少女などと奇抜さは名にはありませんから」

「ははははっ、名前は人が一生背負う物だから真面目に付けるさ」

色々と書きだしてみた名前の束を茶々がペラペラと見て、

「やはり真面目な名前の数々ですね、この名ならどれも武丸に相応しき名だと思います。もしお悩みならご先祖様などを思い返してみてはいかがでしょうか？」

「ご先祖様~なるほど、ありがとう良い助言助かるよ」

しばらく一人考える。

尊敬する先祖、尊敬する祖父の名『龍之介』を仮名として、諱を織田家から一字貰えないかと織田信忠に手紙を送ると『信』の字を使う事が許されたので『信琴』と名付けることを決めた。

烏帽子親には伊達政宗が父、伊達輝宗に依頼する。

伊達政宗に頼みたいところだが、南米にいるため呼び寄せるのは困難、そこで伊達輝宗だ。

隣国の伊達家とは家臣に伊達政道がいるため極めて良好だ。

もしも俺がどうにかなったときに大きな後ろ盾として支えてくれる事を期待する。

使者を送るとすぐに伊達輝宗は駆けつけてくれ、

「黒坂家次期当主の烏帽子親の栄を賜りましたことありがたき幸せ。伊達家は一丸となり事が起きましたら必ず若君を補佐いたします」

快く承諾してくれた。

1604年　5月1日

武丸の元服の儀が茨城城で執り行われた。

「これより武丸改め、龍之介信琴と名乗るが良い。また、幕府より元服の祝いに従五位上下総守に任じられた。下総は黒坂家の領地である、官位に恥じぬよう発展に尽力、しっかりと励め」

「はっ、父上様」

龍之介は真新しい烏帽子をしっかりと被り頭を下げた。

元服の儀に列した家臣達が祝ってくれる。

「「「おめでとうございます」」」

茶々は嬉し涙を流さぬようぐっとこらえている。

祝いの席に涙は禁物だからだ。

宴席のあと、俺は茨城城天守最上階に龍之介と二人で登った。

「龍之介、幕府に臣下の礼をとり家臣として生きよ」

「え？　父上様、黒坂家は今まで幕府とは対等の関係でありましたのになぜにございますか？　彩華まで嫁いでいると言うのに」

「知っていると思うが俺は本能寺で信長様、信忠様を助けた実績があるからこそ、この立場が許されている。だが龍之介は違う。何も功績はない。もし、俺に何かあれば黒坂家は宙に浮く存在となる。その時、幕府が危険視しないとは限らない。代が変わっていけば恩で許されていたことも薄れていくと言うもの。よって、龍之介、お前の代からは幕府の臣下になり他の大名達と同じように振る舞え。これは末代まで家を残すためだ」

「わかりました。しかし、父上様はまだ隠居なさるつもりではございませんよね？」

「ははははは、隠居か、まだまだせぬぞ。世界を変えるために、未来を変えるために働き続けるのだから」

「未来を？」

「そうだ、未来を変える為だ。これより申すことは、他言無用」

俺が未来人であることを伝えると龍之介は今まで見たこともない顔をして驚いていた。

「父上様が未来の民人……」

「そうだ、嘘偽り、戯れ言ではない。本当の事だ。なぜ俺が必死に異国で戦をしているかは未来を変えるため。未来は争いが続く醜き世界、そのような世界にならぬよう楔を打つのに俺は動いている」

「醜き世……民が苦しむ世……それは変えなければなりませんね。わかりました。この私も若輩ながら力になりますよう励みます」

「うん、頼んだぞ」

数日後、官位の礼に龍之介は安土城に登城して織田信忠に臣下の礼をとり、正式に幕府の家臣となった。

信忠からの手紙では気にすることはなかったのに、とは来たが黒坂家を存続させるためにはどこかで必ず臣下にならねばならない。

なら、現在対等に近い関係の俺が生きているうちに済ませておくのが良いと判断した。

そのほうが領地替えなど申しつけられずに済むからだ。

判断は当たりだったようで五大老など幕臣から何か意見が出されることはなく、特に命じられなかった。

「真琴様、家名を重んじるようになって茶々は嬉しいです」

俺が龍之介の代で幕臣になることを茶々に相談すると一度不思議な物を見るような目で俺を見つめてから返ってきた言葉だった。

「出会った当初は家名など重んじていなかったのに」

「確かにそうだったね。だけど、茶々達や家臣達、他の武将達を見てきて実感したからね。それに今では何万もの家臣を抱えているから、黒坂家が断絶すると一大事なのはわかるから」

「そうですよ、真琴様がいるからこそ纏まっている大藩なのですからね。真琴様、龍之介が元服したからと言って安堵せず何事も御自身の命大事にですからね」

「わかってるって」

「本当わかってます？」

「痛い痛い、耳を引っ張らないでよ！　本当にわかっているから」

「だったら良いのです。龍之介が名実共に黒坂家を任せられるまで育ったら隠居して私を世界に連れ出して下さいね。それまで命は絶対に守って下さい。約束ですよ」

右手小指を突き出してきた茶々と指切りげんまんをした。

「大殿様、大変ですぅぅぅぅぅ」
留守の間の書類に目を通していると大洗良美が大きな胸を揺らしながら慌てて書院に

来た。

「ん？　なにを慌てて」

「加賀様がお目通りを願っています」

「はい？　あれ利家さんはヨーロッパで信長様と一緒のはずだけど？」

「いえ、前田家現当主利長様がぁぁぁぁ」

あまりに慌てているため、天井裏のお江が、

「マコ～加賀藩主の座はもう利長様だよ」

「あ～なるほどそうだったな、で？　ん？　わざわざ茨城城に？」

「はいですぅぅぅ。お目通りを願っておりますぅぅぅ」

詳しく聞くと突然の登城は流石に失礼と、筑波山の麓にある温泉宿に逗留して面会の許しを願っているとのことだった。

「ん～特に予定はないから明日にでも来城して良いと使いを出して、桜子達にもてなす料理を頼まないと、お江頼んできて」

「うん、わかった」

次の日、前田利長が来城すると萌え装飾に感動の涙を流していた。

案内をしていた千世が涙を流す兄の姿に困惑したそうだ。

「兄上様、いつまでも見ていると夕方になってしまいますよ」

「素晴らしきかななんと素晴らしきかな」

「さっ行きますよ。常陸様を待たせないで下さい」

松様に似ている千世は兄にでも手加減なしで尻を叩いて、大手門で止まってしまった利長を動かしたとあとで聞く。


大広間で突然の登城の詫びと挨拶を受け、宴席で酒を一口飲んで和んだところで、

「是非とも我が妹を嫁に貰っていただきたい」

「利長殿、すでに妹である千世が側室になっているので流石に」

「あぁ、違います。御嫡男龍之介殿に是非とも我が妹、福を貰っていただきたいのです。父利家の側室の子で歳は13歳、母が是非とも黒坂家に嫁がせよと、五月蝿くてなりません。母が育てたせいか気性もよく似ており、兄のひいき目ですが、外見も悪くはないと思います。私の養子としたうえで是非とも婚儀を」

「ははは、勘違いしました。なるほど、龍之介の嫁ですか、龍之介、どうする？　父としては政略婚などは一切気にせず好きになった者と結ばれれば良いと思っているが、利家殿の娘となれば話は別、どうだ？」

「父上様、好いている女子などはおりません。父上様の申しつけなら前田様の御息女に不

満など有りません。千世の母上様も黒坂家の家風を重んじており、その妹君なら私の嫁となっても黒坂家をかき乱す事はないかと……」

「茶々の意見は？」

「私も前田家、しかも松殿がお育てになったなら文句はないです」

「異論がないなら良い。だが、会わずに決めるのもお互いのためにはならないだろうから、一度見合いをしてみて決めるのではどうかな？」

「ですから、父上様の申しつけならどのような者でもかまいません。子が産まれさえすれば」

「それは嫁となる者に失礼だぞ龍之介。妻とは二人三脚、同じ道を歩めると思える者でなければならない。子を産む道具などと考え違いを致すな。俺が家を空けられるのも茶々が俺と歩むべき物の考えが一緒だから黒坂家、常陸国を任せておられるのだ」

俺が龍之介を叱ると前田利長は、

「まあまあ、そう怒らないであげてください。龍之介殿が福を教育すれば良いのですから」

戦国武将の価値観とのズレははっきり言って埋まっていない。

女性が他家に嫁いだ場合、その家で教育されその家の色に染める。

マインドコントロールに近しい考えは俺は否定的だ。

「利長殿、知っているとは思いますが、俺は女を泣かせるような事はしたくはないのです。辛い思いをさせるようなことは」

「えぇ、わかっていますとも。ですから、母が黒坂家なら大丈夫と言っているのです。本日厚かましくも連れてきております。どうかお目通りのお許しを」

「えっ、連れてきているの？」

「廊下で控えております」

「それなら中に入って貰って」

「まぁ～廊下なんて流石に冷えるでしょ、早く入ってもらって火鉢近くに」

茶々が小姓に急かすと襖を開けられ入ってきた。

一瞬だけ見られた顔、目が大きく鼻筋の通った美少女だ。

部屋に入ってきてすぐに深々と頭を下げてしまったが、俺の美少女スカウターが見逃すはずもない間違いなく可愛い。

龍之介を見ると何やら頬を赤らめもじもじしている。

「福とやら、面を上げて龍之介に顔を見せてやってはくれぬか」

「これ、福、右府様のお許しだ。顔を見せなさい」

利長が言うと少しだけ顔を上げた。

礼儀作法が叩き込まれているのだろうが、茶々が、

「黒坂家、いや、真琴様の前ではかたっ苦しい礼儀は嫌われています。さっ、しっかりと面をあげなさい」

「福、顔を皆に見せてあげなさい」

千世が隣に行き、背中を軽く叩くと福は背筋をピンと伸ばし、

「前田利家が娘、福と申します」

「常陸守真琴だ。これが息子の龍之介信琴」

龍之介を見ると顔を真っ赤にして硬直してしまった。

あっ、一目惚れしちゃったのね。

初心な息子だな……。

俺に似なかったのね、ははは。

利長と目線を合わせると俺と利長は静かにうなずいた。

「どれ、二人だけで庭でも歩いてこい。おっそうだ動物園を案内してやると良い」

龍之介の背中を叩くと硬直した龍之介は我に返り、福を連れて動物園案内に出て行った。

「利長殿、決まりましたね」

「はい、良い妹でしょ」

「ええ、我が側室に迎えたいくらいですよ」

「はははははは、茶々様に怒られますよ」

茶々を見ればいつもの事と言いたげな顔をしながらお酒を口にしていた。

茶々よりお初のほうが物理的攻撃をしてくるから恐い。

茶々は側室の事は寛大、手順をしっかりしていれば怒られることはまずない。

一目惚れをしてしまった龍之介が嫌がるはずもなく婚姻を進めて欲しいと言ってきたのはその晩の事だった。


龍之介と前田利家の娘、福との婚姻の許可を幕府に申請する。

勿論、形ばかりの事で許可されないはずもないのだが、そういう根回しをちゃんとしておかないとならないのが、幕府を頂点とする国作りなのだから仕方がない。

前田家とは既に縁戚関係の為すぐに許可はおりた。

俺が常陸に居る間に結婚の儀を済ませたいというので話を進めた。

1604年　10月8日

前田利長の居城・金沢城を出立した花嫁の行列は一万人という大行列で陸路を進んだ。

驚いたことに嫁入り道具は前田利長が話を持ってくる前から松様が準備させていたとのことで、装飾の蒔絵の家紋は前田家の梅鉢の家紋と、うちの抱き沢瀉の家紋が装飾されていた。

この婚儀、どうやら否が応でも話を進める気でいたな、松様は。

近江・安土城で隣の屋敷に住んでいたのはずいぶんと前の事なのだが、その頃から考えていたのかな？

俺だけでなく俺の嫡男に前田家から嫁を出すことを。

前田家を存続させるために織田信長に近しい人物と縁戚になることを考えていたとしたら、なかなか計算高いな。

まあ、当の本人が気に入っているのだからこの婚儀に文句はない。

この婚儀に合わせて龍之介には下総の佐倉城城主として入って貰った。

元々は森力丸に任せていた城だったが、力丸は下野の大名として宇都宮城に入城したので城主が不在だったので良いだろう。

龍之介は少し城主として独立した生活を送らせねばならぬだろう。

成田長親を付け家老として命じた。

成田長親、印旛付近の開墾を任せていたら一帯を水田として大いに活躍してくれた。

のぼうさんは士と農民と戯れるのが苦ではなかったみたいで、臼井城城主として民に愛される城主になっている。

うん、雇っておいて正解だった。

出立したと聞いてから3週間してようやく花嫁行列は佐倉城に入城した。

婚儀は香取神宮で執り行い、晴れて我が息子と前田利家の娘・福は夫婦になったが、龍之介には福がもう少し体が成長するまでは床を一緒にすることはしないようにと注意しておいた。

13歳でも出産が珍しくない時代だが、やはりそれは危険だ。

医療が発達していない、この時代なら尚のこと。

そこは男が我慢し、大事に考えてやらねばならないだろう。

松様のように13歳で出産は危険だ。

俺のように子作り最低年齢16歳を守らせなければ。

《佐倉城》

「福、伽は16歳までならぬと父上様より厳しく仰せつかっておる」

「聞き及んでおりますが、寝所を共にするのはならぬとは言われておりません」

「伽をせぬのだから寝所は別で良いではないか？」

婚儀を済ませた夜、龍之介の寝所で布団を並べ待っていた福に龍之介が戸惑っていた。

「母上より仰せつかってます。寝所は共にし3年間他の女子を抱くようなことがないよう見張っておけと」

「私は父上とは違う。次々に側室を迎えられるほど器用ではない。心配いたすな」

「いいえ、なりません。嫡男を産むまでは寝所は共にします。嫡男が生まれましたらお好きに側室をお迎え下さい」

「だから他に迎える気など今はないと申しておるではないか」

「今はでございましょ？　いつ心変わりをするか」

「ええい、好きにせい」

龍之介はしばらく悶々とする夜を過ごすこととなる。

日本に滞在し続けるにはまだまだ不安定な世界情勢でヨーロッパ大陸の事が気になる。

その為、いつまでものんびりとはしていられない。

高速連絡船で送られてくる知らせ次第ではすぐにヨーロッパに戻らないとならず、期限はないものの色々と済ませるべき用がある。

その一つが樺太(からふと)視察だ。

樺太には俺の側室で北条氏規(ほうじょううじのり)の娘で鶴美(つるみ)、そして北条氏規の死去により若輩ながら北条家を継いだ六男・須久那丸(すくなまる)12歳がいる。

さらに、アイヌ民の族長の娘で俺の側室のトゥルックと俺の次男・男利王(おりおん)13歳が住んでいる。

樺太は俺の構想の中では北の守りの要、大陸からの侵略を守る為の地だ。

ポキビと呼ばれる大陸と樺太との一番近い土地に要塞も築城中。

開墾の状況や、北条とアイヌ民の共生の視察などしたい。

その視察を海が凍り付く季節の前に行かなければならない。

龍之介も連れて行くか考えるが、佐倉城の城主としての仕事、それと新婚生活に慣れさせるのを優先する為に声はかけなかった。

今回の視察で須久那丸と、男利王の元服を考えている。

烏帽子親となる人物に同行してもらわなければならない。

やはり伊達政宗に頼みたい所なのだが、南米にいるのでそれは叶わず、だからと言って伊達輝宗を樺太まで連れて行くのは年齢的に少々無理がある。

適当となる人物、樺太行きを頼める人物は限られている。

そこで下野の独立大名となった森力丸に頼む。

「御大将の御子息の烏帽子親になれるとは光栄にございます」

快く承諾してくれる。

そして、幕府への届けも出す。

この元服で須久那丸が北条家としての正式な独立大名の当主になる。

北条家を潰す戦いの立案者、俺の息子が北条家を継ぐ、考えてみると複雑なものだが、そのような事は戦国時代では普通だ。

織田信長の息子が北畠家を継いだり、豊臣秀吉の甥が小早川家を継いだりするのだから。

幕府からは「従五位下樺太守」という官位の任官の許可が出た。

準備を整え冬が始まる樺太へ向かった。

樺太島留多加港を目指して鹿島港を出航する。

蒸気機関外輪式推進装置付機帆船型鉄甲船戦艦、武甕槌・船長・真田幸村。

同行者、お初、お江、桜子、小滝、ララ、いつものメンバーに森力丸。

「御大将、海に出るのはひさびさにございます」

森力丸は太平洋の大海原を見ながら喜び顔。

うちの家臣達は海が好きだ。

内政を任せてしまっている森力丸も例外ではない。

「戦いに赴く出航ではないから心も軽く俺も楽しめる」

自分の子供達と会うのが主な目的な為、緊張がない。

「昔は船に滅法弱かった御大将が、今では世界の海を股に掛ける海の覇者ですからね、おもしろいものです」

琵琶湖を移動する安宅船で酔っていた事を思い出しながら言う森力丸。

今の船はその時とは比べものにならないぐらい揺れているが酔っていない。

それより、気になってしまった一言に釘を刺す。

「覇者などと言う言葉は使うな。覇者はあくまでも織田信長様」

「大丈夫ですよ。海に、船に関して言えば上様が御大将の事を認めていますから、御大将が考え出す船がなければ上様も南蛮に行くことは出来なかった」

「まぁ〜そうだとしてもだ」

「この船の中だけの話にしておきましょう。しかし、素晴らしいですよね、風や海流を気にせず進める船は」

「未来ではこれが普通だからな、未来でも船は大量の輸送をするのに大陸間を走っている。400年後も船は主要な輸送手段であり、兵器でもある」

「変わらないのですね」

「性能的には大幅に向上するが、基本的には変わらないな」

「海はいつまでも海であり続け、船はいつまでも船であり続ける」

「そう言えば未来の学校では地球で人が生活出来るのは海のおかげだと習ったぞ。確か気候を安定させるのに海の大量の水が役に立っていると、水は温まりにくく冷えにくい。その為、この海が地球を人間が住みやすい温度に保っていると」

「人間は海に抱かれている、海は母と言ったところでしょうか？」

「ははは、時には荒れ狂うから母と言うのも悪くないな」

「確かに母親は恐い、はははははは」

ひさびさに力丸と雑談に花を咲かせる。

俺の素性を知る人物となら何も隠さず話せるから気が楽だ。

「ところで御大将、折り入ってお頼みしたき事があります」

「遠慮する事はないじゃないか、なんだ？　叶えられることなら叶えたいが」

「はっ、我が娘、紗奈を須久那丸様に嫁がせたくお願い申し上げます」

「え？　娘がいたの？　弟の事も知らなかったけど……」

俺は家臣の家族関係にまで踏み込む事はしなかったので家族構成を把握していない。

森力丸に弟がいる事を知らなかったくらいにだ。

「ははははははっ、弟はあの時本能寺におらず長い間羽柴家の与力をしていたので紹介する機会がなかったので、それより10になる娘がおります。私が言うのもなんなんですがなかなか可愛い利発な娘で黒坂家の一員となっても上手くやっていけると思います。いや、そうなるよう躾けてきました」

「その姫を須久那丸にか？　知っての通り……」

言葉を続けようとすると力丸が、

「わかっておりますとも、女を泣かせるような事はしたくないとのお考えは。なので頃合いを見計らって見合いをさせていただけないでしょうか？　それまでは他家の姫との婚姻の約束をせずに」

「それなら文句はないが、だが樺太は厳しい土地だぞ？　それでも良いのか？」

「はっ、娘は御大将と違って寒いのは平気で、下野の冬山で遊ぶのを好む娘なので寒いことは婚儀の弊害にはならないと思います。それに風邪知らずの丈夫な娘なので北の大地でもやっていけると思います」

ニヤリと笑う力丸、本当に自慢の娘なのだろう。

「はははは、そうか、本人も北国暮らしを良しとするなら良いだろう。その話、進めて良いぞ、来年の雪解けを待ち蝦夷地の港あたりで見合いをするようにいたせ、常陸国の船を好きに使うと良い。もしくは最上の義康に頼めば快く北海道と行き来する輸送船を貸してくれるだろう。俺から手紙を書いておく」

「ありがたき幸せ、これで娘が嫁げましたら、御大将と縁続きになります。森家にとって光栄な事」

「はははは、気が早いな。兎に角、両者が気に入らねばならぬからな」

「大丈夫ですよ。うちの娘、可愛いですから」

親とは自分の娘が一番可愛いものだ。

俺だって娘達はキュンキュンするくらいに可愛いのだから。

どういうわけか俺に似ず、母親に似てくれたので良い顔立ちだ。

彩華以外にも嫁ぎ先を考えないとならないのだろう。

そのあたりは茶々に任せたほうが無難だな。

などと考えながら船は一路北に向かった。

◇◆◇◆◇

1604年　11月初旬

雪がチラつくなか、樺太島留多加港へと入港する。

港は以前よりさらに建物が増えている。

建物の中から外に伸ばされた煙突から煙が出ており、生活する者そのものが増えていることを実感出来る。

「御大将、北の端と侮っていましたがなかなかの港ではございませんか？　多くのドーム型住居が建ち営みの煙が出ている」

「そうだろ？　北の大地であろうと仕事があれば人は定住し町は発展する」

「北条家を幕府が石高換算にしたとき15万石としていて疑いましたがなるほど、これなら納得いたします」

森力丸は樺太の発展に驚いていた。

桟橋に降り立つともう慣れていて、武器を向けられることなくすんなりと挨拶を受けた。

「右大臣様、ようこそおいでくださいました」

守備に就いている北条の兵士が出迎えた。

「出迎え、大儀。港の建物が増えているがあれは何か？」

ドーム型の建物を積極的に採用している中、大きなドーム型の建物が10近く作られていた。

「はっ、あれは蔵にございます。本州から届いた穀物などが入っておりまして、冬少しずつ村々に配給しております。勿論トゥルック様を通してアイヌの民にも行き渡るようにしております」

中を見させてもらうと確かに米や麦、乾燥した蕎麦やとうもろこしなどぎっしりと詰まっていた。

出荷用の蔵には乾燥させた魚や昆布、熊の毛皮などが入っている。

鮭の皮で作られた靴や上着、アイヌの伝統的な生地の反物などもあった。

入り口に立哨がいる守りが厳しいドーム型蔵の中には砂金が入った壺がいくつもある。

「こちらの砂金はアイヌの民に鉄製農機具や刀、鉄砲、陶器、反物などを売った時の代金でございます。決して巻き上げた物ではございません。そうそう常陸様用に大量に熊の手、熊胆、それに干した海獣の金玉も保存してあります。それに夏場採取した薬草も干してしまってあります。次の輸送船で送る予定だった物でこちらの蔵です。検分なさいますか？」

なにか臭そうなので遠慮した。

「小滝に見るよう命じておく」

言わなくても小滝が勝手に検分するだろう。

ドーム型建築で蔵かぁ……ドーム型建築方式は適してはいないのだよな。

ドーム型の形状な為、物を高く積みにくい。

多くの物を保存するとなるとどうしても建物その物を多く建てる事になり土地を多く使ってしまう。

少し考える……いっぱい積める構造、もっと高く、中を何層かに分けられる作り、それでも雪、風に強い建物……。

「あっ！っとになんで今まで忘れてたかな」

「はい、真琴様、紙と鉛筆、それとも矢立にします？」

「鉛筆で大丈夫だよ、ありがとう」

お初が差し出した懐紙に鉛筆でさらさらと形を描く。

「アーチ式の建物にしてはどうか？」

トンネル状のような天井が円い建物だ。

これも雪や風に強く耐震性が高い。

中に柱を使わないので蔵にはもってこいだ。

案内された少し立派な内装のドーム型住居でしっかりとした絵図面を書いて渡すと、

「お〜なるほど、このような建て方もあるのですね。船底をひっくり返したような建て方、なるほど、強そうだ。すぐに手配いたしまして、小型の物から試験的に作ってみましょう」

ここの大工衆には俺の家臣の大工衆・左甚五郎の愛弟子もいるため問題なく作れるだろう。

改めて思うが地震大国であり、台風大国である日本でなぜにドーム型やアーチ型の住居、建物が発展しなかったのかが不思議だ。

平成でもその性能は折り紙付きなのだが、なかなか世間一般には広まらない。

建築資材も規格が決まれば大量生産で、安く建てられると思うのだが。

「さあ、ここは寒いのでお城のほうへ」

森力丸は俺の提案の複写を書いていた。

「未だになかなか、その時必要にならないと何が便利で有効に使えるのかわからなくてさ、提案が遅れてしまったよ」

「御大将、それは仕方がない事にございますよ。しかし、この工法なら確かに大きな物が作れますので、常陸や下野、下総にも作りましょう」

蔵や工房、作業場に適しているし、屋内を小分けの部屋にすれば集合住宅にも使える。

しかも、現在の常陸の工業力なら鉄筋も作れる。

規格化すれば大量生産も出来る。

新たな住宅の誕生だ。

日本の住宅事情を大きく変えてしまっているが、耐震性、耐積雪性、耐風性能に優れた住宅が増えるのは悪いことではないのではないだろうか？

そう一人思いながら城に向かった。


樺太城の門前では鶴美と須久那丸、アイヌ民の族長の娘で俺の側室のトゥルックと俺の次男・男利王が出迎えてくれた。

流石に12歳と13歳、母親の背に隠れるようなことはせず凛々しく背筋をピンと伸ばし一度顔をしっかり見せた後、深々とお辞儀をして、

「「父上様、ようこそ樺太においでくださいました」」

二人が声を揃えて言ってくる。

練習したのだろう。

「うむ、出迎えご苦労。皆健康のようだな」

「はい、皆息災にございます」

すぐに鶴美が左腕にひっついてくる。

鶴美がひっつくと右腕にはライバル意識を燃やしキャラの被るお江がしがみついた。

何歳になってもキャラブレがない二人。

「ヒタチ様、お久しぶりにございます。ヒタチ様も元気のようで何よりです。私が仕留めた熊の金玉は届いてます？」

トゥルックの日本語が上達していた。

ん？　熊の金玉？　小滝に視線を移すと視線を逸らした。

俺が毎日服用させられている滋養強壮、謎漢方の原料の一つになっている事を察する。

挨拶を続けよう。

「おお、すまぬな。なかなか来られなくて」

「噂は耳に届いてますよ。なんとも海の向こうの大地を取り崩して来たとか」

「まあ、そのようなところだ」

「常陸様、ここでは寒いでしょうから城の中へ夏場に乾燥させた泥炭を焚いておりますので」

鶴美が城内へと促してくれた。

確かに樺太はもう寒い北風がビュービューと吹いていて耳が痛い。

それに地面からの冷えが伝わり、足が冷えてきた。

二人にくっつかれているので上半身はなんとか暖かいが、立ち話を続けていると心底冷えそうなので城に入った。

大広間、上段の間、その床の間の位置に大きな鉄製ストーブが設置されており、俺が座る位置は一番温かい作りに改築されていた。

上段の間なのに囲炉裏もあり、後ろからも前からも火の温もりで逆に暑いくらいだ。

そこで改めて挨拶を受ける。

「常陸様、樺太へ足を運んでいただきありがとうございます。そのお心がとても嬉しく存じます」

鶴美が皆を代表して言ってくれた。

挨拶のあと、取り敢えずと味噌仕立てのラッコ肉鍋が出され、それで体を内側からも温めた。

「父上様、今回はゆっくり出来るのでしょうか？」

「須久那丸、残念だが今回もそう長居は出来ない。今回はお前達二人を元服させるために来た。須久那丸は北条の正式な当主として、男利王はアイヌ民を束ね、北条との架け橋になるように務めるべく元服を行う」

「はい、父上様」

「北条との架け橋……」

「烏帽子親に森力丸を連れてきておる。須久那丸は従五位下樺太守となるよう幕府よりの許しもいただいた。これで晴れて北条樺太藩の正式な当主ぞ。そして男利王は俺から樺太民取り纏め役奉行を命じアイヌ民をまとめよ。そして北条家の家老、ポキビ城城主を命じる。弟が当主となり兄が家来という形になるが、二人ならそのような事で確執がなく、この樺太をアイヌとの隔たりなく繁栄させてくれると信じておる」

「はい、父上様」

「もちろんにございます。父上様」

「うん、良い返事だ」

須久那丸と男利王はアイコンタクトをして二人で頷いていた。

兄弟仲良くしてくれているのだろう。

父親らしいことはしてこなかったが嬉しい限りだ。

「父上様、良かったら僕たちに剣術を教えていただけないでしょうか？」

「おっ、いいぞ、教えてやる。二人とも庭に出なさい」

「常陸様、流石に庭は寒いので道場で」

「そうだな、雪の中では手がかじかんで上手く動けぬからそのほうが良いだろう」

ドーム型道場に案内された。

「よし、二人いっぺんに相手をしてやる」

二人相手に剣術の手ほどきをしようとすると、二人が連携して打ち込んでくる。

しかも、息が絶妙の加減で合っている。

なかなか手強く俺の方が息が上がってしまいそうになるくらいだった。

「これ、二人とも、お父上様は旅のお疲れもあるのだからその辺に」

鶴美が30分ほどで止めてくれなかったら、一本取られていたかもしれない。

末恐ろしい二人だ。

「いや、驚いた。よくよく鍛えているのだな」

「はい、森で熊や狼に出くわしたときにおくれを取ることがないように鍛えております。父上様が昔、人食い熊を退治した話を聞いておりますので」

「うん、そうか、偉いぞ。銃火器が発展しようとも剣術は心身ともに鍛えるのには良いことだ。これからも励むように」

「「はい」」

双子でもない、母親も違う二人だが息が良く合うコンビになっていて俺は本当に嬉しかった。

流した汗を3人、温泉で流す。

「どれ、ここも成長したか？」

「ぎゃーーーー、やめてーーーー」

須久那丸が悲鳴をあげて湯船の端に逃げた。

「父上様、前もそれやりましたよね。自分で剝いて洗えますから」

男利王が俺の手を払いのけて言う。

うん、二人のあそこも少し成長していたようだ。

「ははははは、どうだ楽しいだろ？」

「父上様、楽しくなどありません！」

須久那丸はぷんすかと怒っていた。

男親なんてそんな冗談でもしないとこの年代は心の距離が開いてしまう。

このくらいふざける方が良いのだ。

「毛は生えたか？」

「だから、見ないでください！」

親子のじゃれ合い、楽しい風呂だった。

その日の夕ご飯はトゥルックが作ってくれた。

シンプルな塩味なのだが、尿酸値が爆上がりしそうなご飯だった。

鱈とその白子、鮭とその白子、ホタテ、毛蟹が入った塩仕立て海鮮鍋、鹿肉のルイベ、いくらがふんだんに載せられたご飯。

「御主人様、お野菜が少ないですね」

桜子がそう言うと船で運んできていたぬか漬けを出してくれた。

「ヒタチ様、冬場は菜の物は取れないので……」

トゥルックが申し訳なさそうにする。

「あっ、ごめんなさい。そんなトゥルックさんを困らせるつもりではなかったのです。ただ、御領主様は旅が多いので必ずぬか漬けを一品お出ししているのですよ」

美少女のぬか漬けはいつの間にやら美熟女のぬか漬けになったが、桜子達の成分入りぬか漬けは美味い。

「冬場の野菜確保は難しいよね」

「それでも秋に採れた大根、白菜、葱などを地中の室に入れて上から雪をかけて保存していて少しは冬場の食事改善したんですよ」

鶴美が鍋に入っている少ない野菜を俺の椀によそいながら言う。

「ん～食糧その物も量は確保出来たみたいだから今度は質を上げるための改革を考えるか……」

「ヒタチ様、難しい事はあとで、冷めないうちにお召しあがり下さい」

「あぁ、そうだね。美味い料理、いっぱい食べさせてもらうよ」

野菜の保存、船旅に戦場にも良い。

なにか考えないと……。

◇◆◇◆◇

樺太に滞在して3日目、須久那丸と男利王の元服の儀を執り行った。

烏帽子親は森力丸。

「須久那丸、名を改め、北条須久之介氏琴と名乗るよう命じる。官位は従五位下樺太守をいただいておる。樺太の発展に尽力せよ」

用意しておいた和紙に書いた名前を参列した家臣に見せる。

「男利王、名を改め、黒坂男利之介守琴と命名する。樺太民取り纏め役奉行を命じアイヌ民と北条家の仲を取り持ち仲介役となれ、そして北条家の家老、ポキビ城城主として弟、須久之介を支えよ」

こちらも和紙に書いた名前を見せる。

家臣達から、

「「おめでとうございます」」

挨拶を受ける。

参列した家臣の中には板部岡江雪斎もいた。

年を取り白髪で痩せ細っている板部岡江雪斎。

「北条の名が続くのは約束されたも同然、嬉しい限りでございます」

懐紙で鼻をかむほど感極まっていた。

北条家の繁栄と没落を見てきた板部岡江雪斎にとって北条の名が続く事、残す事が最後の役目だったのだろう。

北条氏規(うじのり)の娘と織田(おだ)家と密接な関係を持つ俺との間の子が当主となる。

母違いだが姉の彩華(いろは)は織田家に嫁いでいる。

そうなれば北条は織田家とも縁続きとなる。

よほどのことが起きない限り安泰だ。

「右大臣様、私はこれで思い残すことなく隠居させていただきます」

宴席で酒を注ぎに来た板部岡江雪斎は震える手で酌をしてくれ言う。

「この歳(とし)までご苦労であった。もし希望するなら北条の旧領地、相模(さがみ)や伊豆(いず)あたりの寺にでも行けるように手配するが？　温かな地で北条家の菩提(ぼだい)を弔いながら過ごしてはいかがかな？」

「お気遣いの言葉ありがたき幸せ、しかし私はここで先代の菩提を弔うつもりにございます」

「そうか、体に気をつけてな」

「ありがたきお言葉、痛み入ります」

この後、板部岡江雪斎は春の訪れを待たずに病死した。

北条家の名が残ることがほぼ確約された事に、張り詰めていた緊張の糸が切れたのだろう。

お疲れ様。合掌。

板部岡江雪斎亡き後、政治の穴埋めに常陸国立茨城男子士官学校から希望者を募り、家臣として送り黒坂流の政治改革を進めていくこととなる。

生徒だけでは若いため、茶々と相談して、常陸領内で良い働きをしてくれた山内一豊の弟を与力として送り家老として活躍してくれる。

樺太藩は独立した大名ではあるが、その実態は常陸藩の支藩的な役割を持つ大名として廃藩置県までつながることとなることを後に教えられる。

ポキビ城は樺太とユーラシア大陸とを隔てる海峡の一番狭い所に建設された城。

樺太の防衛拠点。

陸路は敢えて作らず船でしか行けない。

かなりの辺境の地だ。

『ポツンと一軒家』レベルを超している。

陸に道を作らないのは動物の保護。

樺太、特に北樺太は人間が生活するためには厳しすぎる土地だ。

そこを無理矢理開発するのではなく、動物たちと住み分けをし保護する土地にした。

人間の勝手な侵略で多くの動物を絶滅に追いやる時間線を知っている俺だからこそわかる重要なことだ。

海から視察に出向くと、堅牢な城として完成していた。

陸地側は大きな空堀二つ・水堀一つが掘られ、動物の侵入を拒む作りとなっており海に面している高台には砲台が無数に据えられている。

上陸すると交代勤務制の守備兵が出迎えてくれた。

ほとんどの建物がドーム型という不思議な造りの城、その中でも一際大きなドームが御殿としての役割を持っており、畳敷きとなっていた。

円形に並べられた不思議な畳の部屋、真ん中にストーブが設置されている。

その部屋で、

「男利之介、ここにお前が常駐する必要はないが、度々訪れ自分の目でしっかりと管理せよ。過って も陸地を耕そうとはするな。無理があることは無理だと認めよ。この城はあくまでも大陸から渡来する者を監視するための城であるからな」

「はい、父上様。しかし、守りとなるなら海を渡り大陸に城を築いた方がよろしいのでは？　すぐそこの地、パネルを運ばせれば3日もあれば砦にはなりましょう」

「大陸は広すぎる。さらに極寒の地、下手に手を出せば泥沼の戦になり疲弊し国力が低下する。なら、この海で隔てている方が守る側としては良くはないか？　海が堀となってくれる」

「なるほど、海が堀、確かに。広大な土地に城を築くと包囲されれば戦は不利、ポキビ城なら森に入れば多くの動物がおりそれを食糧に籠城が出来る。籠城を続けられれば樺太城や常陸国から援軍が、敵地では援軍も苦戦しやすい……浅はかな考えでした。申し訳ありませんでした」

「そういうことだ。今はまだ我が国の火器はずば抜けているが異国は追い追い追いついてくる。そうなれば敵に囲まれた地での籠城戦は不利となる。たとえ高い高い塀を作ったとしてもだ。それは北条の者が一番知っているだろう」

小田原城の砲撃戦を知っている者の多くは家臣として健在で今も北条家に仕えている。

「父上様が変えられてしまった戦いですね。家臣達から火の玉の雨が降り注いだと聞き及んでおります」

「そうだ、堅牢な小田原の城を艦砲射撃で火の海とした。大砲の前には城は無力だ。いずれこちらにも戦艦を配備する。ポキビ城はその時の補給基地の役目となるであろう。今は監視し敵となる者を寄せ付けぬ為の城だ。良いな？　間違っても勝手に海を渡り領地を増やそうとはするなよ。現地の者と交易するのはかまわん。いや、盛んにせよ。それが樺太を繁栄させる道」

「はい、父上様。交易を以て国を豊かにするでございますね」

「そういうことだ。須久之介と男利之介には樺太を拠点として、ここの半島まで続く島々の管理もせよ」

そう言って地図に書いた千島列島を示す。

カムチャツカ半島まで伸びる島々だ。

「結構広うございますね」

「そうだな、必要があれば砦も築いて良いが必ず幕府に届けを出せ。それと生き物たちを絶滅に追い込むような狩りはいたすことのないようにな」

「「はい、父上様」」

二人はとても大きなよい返事をした。

この二人に任せておけば大丈夫だろう。

ここの支配権を維持し続ける事は意外に大切だ。

豊富な海産物が採れる漁場であり、地下資源が豊富に眠っている土地。

平成ではソ連侵攻により実効支配されてしまっている土地。

北方領土返還問題で平成時代の若者は、「あんな北の辺境の土地そんなに大事？」っと思う者も多数いたのは知っているが、それは政府のアピール不足だ。

石炭・天然ガス・金の他にも工業国家として喉から手が出るほど欲しいレアメタルの宝庫、そして豊富な海産物の漁場。

ここで日本国が自由に漁が出来るなら蟹はもっとお手頃価格なはずだ。

よく温泉宿のバイキングなどで出ている食べ放題の蟹は、大概はロシア産の冷凍品。

オホーツク海で採れた蟹を日本人は喜んで食べている。

それが北方領土近くの蟹だとも知らずに。

蟹はおまけに近い話だが、島々の領土は意外と大切なのだ。

今からしっかりと支配しておけば、未来で領土問題も起きにくいだろう。

そう考えながら雪の舞い散る海峡を北に抜け、少しずつ南下してきている流氷を避けながら樺太島を一周し、海から視察して港に戻った。

樺太島に滞在して1週間、田畑の状況や漁の様子を視察する。

冷気を防ぐ為に風よけとして畦が高く作られた田、太陽光で土を温める工夫がされた石垣の上に作られた畑、水を温めるために黒い石が敷き詰められた農業用水路、同じく農業用水を温めるために引かれた温泉管、試験的に始めている泥炭ストーブで温められたステンドグラスの灯り取りの屋根を持つ農作物栽培小屋の視察をする。

「この寒冷地仕様農業改革がこれからの日本には役に立つ、各地の大名が送ってくる学ぶ者達にしっかりと伝授してやってくれ、良いか農業改革に秘密なし！　これもしっかり守るように」

「「はい、父上様」」

この樺太で行っている農業方法はマウンダー極小期、江戸時代に起きた小氷河期の備え、絶対に飢饉を起こさないため各大名に伝授している。

漁の様子を見ると、船の発達で底引き網漁が盛んに行われていた。

その恵で毎日のようにタラバガニと毛蟹をたらふく食べた。

オホーツク海の恵みだ。

タラの白子に、いくらもたらふく食べる。

尿酸値上がりそうだな。

まぁ〜プリン体が多い食事だが、俺の家系には痛風がいなかったので心配は少々低い。

痛風は贅沢病などと言われプリン体摂取が制限されるのだが、一説には遺伝的に排出が悪いタイプがかかりやすいらしい。

うちの家系は大丈夫だろう。

そんなことを考えながら夕飯を食べていると、

「御主人様、このような海産物も交易品に出来れば良いのですが、干した魚や昆布は全国に売られていますが、こんなに美味しい蟹がいっぱい獲れるのですから」

料理担当の桜子が言う。

「あ～蟹は確かに輸送出来ないね、うちは直通の高速輸送船でたまに送ってもらえているのが食べられるけど、日持ちしないから市場に流せないもんね。タラや鮭なら塩漬けと干したり、燻製にしたりして日持ちするけど」

「御主人様のお知恵でどうにかなりませんか？」

桜子の期待の目線、その中にはさらに樺太の民を豊かにしてあげたいという優しい気持ちを感じた。

「蟹の保存ね～蟹……蟹の缶詰か？　あっ、うちの工業力があるなら間違いなく出来る。試してみる価値はあるな」

「御主人様、お手伝いいたします」

スクリュー式の船を造ろうとしているくらいなのだから缶詰など簡単なはず。

缶詰の開発が成功すれば保存食の幅は広がるぞ。

よし、指示を出してみるか。

俺は鍛冶師に缶詰を作るように指示を出す。

わっぱ飯の鉄製で蓋をがっちり閉めると表現して伝えた。

樺太でも鍛冶師が活躍している。

鍛冶師のレベルは常陸国と遜色はない。

ただ工房の規模が小さく造船は出来ない。

薄い鉄製缶に中身を入れ熱湯で茹でて熱いうちに蓋をきっちり閉める。

成功すれば半年くらいは軽く持つはずだ。

「殿様、このような物は確かに簡単に作れるとは思いますが、そんなに日持ちするんですかい？」

「ああ、物を腐らせる菌と言う目に見えない小さな生物を加熱で殺し空気を遮断すれば日持ちする」

「あっし達は難しい事はわかりませんので、言われたとおりに作りますがね」

「御主人様、顕微鏡なる物でも見えないほど小さな生き物がいるのは御主人様の知識で理解しているのですが、それらを熱で殺せば食べ物は日持ちすると思って良いのですか？」

「その考えでだいたい合っているよ。菌を殺してさらに空気中の菌に触れない状態『密閉』をすれば日持ちする。缶と言う金属容器に入れて作るんだよ」

「なるほど、職人の方々と試してみます」

桜子達料理方も手伝い早速作り始めた。

手作り鉄製缶に蟹の身をぎっしり入れ蓋をして密閉、そして蒸気で加熱を試す。

何度か密閉の失敗で中身が噴き出してしまうが、その失敗を対策して初の缶詰が完成した。

あっ、缶切りを作っておかなければ何だか開けるのに苦労する話が後世に残ってしまうのを思い出す。

確か第一次世界大戦だかで缶詰は普及するが、缶切りが開発されていないから開けるのに一苦労するんだよ。

俺の時代にはほとんどプルタブ式だったが、流石(さすが)に今すぐそこまでは出来ないだろう。

指示を出し缶切りも作ってもらう。

蟹の缶詰100、鮭缶300、鱈(たら)缶300を作らせてみた。

半分をお土産に持ち帰ろう。

「この缶詰をひと月ごと数缶あけて試食し腐敗していないか確認するように、腐敗するようなら加熱が足りないか密閉が悪いからだから、そこを対策するように、薄くのばした鉄板は常陸国経由で送るよう手配するからそれを筒状にする仕事は冬場の手仕事に導入して」

作られた蟹缶・鮭缶・鱈缶は汁は出てこないので密閉性は大丈夫だろう。

「へい、腹を壊すくらいは構いませんが」

「加熱がしっかり出来て穴さえ空いていなければ大丈夫だから」

どうも信用はされていないみたいだ。

当然かな、海産物は腐りやすいのだから。

「マコ～これで近江の母上様も樺太の蟹、食べられるね、ここの蟹は越前の蟹と少し違う蟹だから食べさせたかったんだよ」

お江は俺を信じてくれていた。

側室達は皆信じているみたいだ。

初めての缶詰が蟹缶……高級缶詰が第一弾ってなんか良いね。

「トゥルック、夏場獲れる山の幸を缶詰にしてみて、冬の食糧改革ね、常陸でも試して成功したら野菜の缶詰をこっちに送るから」

「わかりました。ヒタチ様に樺太の幸が届きますよう送らせていただきます」

「うん、色々と試してみてよ。料理その物でも缶詰が作れるはずだからそうなれば、トゥルックが作る美味しい鍋を地球の裏側ででも食べられるから」

「私の料理がどこででも？」

「そうだよ。トゥルックの鍋は体をよく温めてくれるから好きなんだよ」

「なら、熊も鍋にして送りますね。いっぱい滋養を取ってもらってまた元気なお姿でこちらに帰って来て貰うのに」

「はははははっ、大丈夫、また必ず帰ってくるから」

トゥルックの鍋缶は、平成で言う『いちご煮』と呼ばれる高級海鮮汁缶詰として完成し、後に樺太名物として発展、一大産業になることをこの時の俺は知らなかった。

俺はこの蟹缶・鮭缶・鱈缶を持って樺太を出航した。

須久之介の見合いの事は鶴美と森力丸に任せると、春、雪解けをしたころ須久之介が北条家家督相続のお礼報告に安土城に登城するときに見合いが行われた。

すると、とんとん拍子で話が進み、須久之介と森力丸の娘は婚儀を上げた。

こちらに来てずっと世話になっていた森家とは子供を通して縁戚関係となった。

「上様、常陸殿を帰されて本当に良かったのですか？」

旧イスパニア帝国全土を支配するため蒲生氏郷や前田利家、羽柴秀吉からくる知らせをジブラルタル城で読んで指示する手紙をひたすら書いていると、弥助が心配して声をかけてきた。

「常陸がおらずとも全土掌握は目前ではないか？」

「しかし、上様のご苦労が増えているようで私は心配で」

「年の心配か？　馬鹿者が！　儂はまだまだ働けるわ！　それよりイスパニアの民が貧困で喘いでいるではないか！　どうにかいたせ」

「いい気味だと正直言って思っております。若い頃私は売られて……」

弥助は元奴隷、イスパニアの船で酷い扱いを受けている過去があったのを思い出す。

「そうであったな、だが憎しみに憎しみを重ねるだけ、民にはなんの罪もない。悪いのは王でありそれを支えていた貴族共、王は火の中に入れ、貴族共の首はことごとくはねた。恨みは捨てよ、弥助」

無言で目を瞑ってしまう弥助に対して手元の茶を投げつけた。

それが額に当たり血が流れる。

弥助はそれを手で拭ったが何も言わなかった。

「わかるか弥助！　肌の色はちがくとも流れている血は同じ赤色、血は血だ。肌の色がちがくとも中身は同じ人よ。だが精神はどうだ？　心を黒く染め続ければ邪心となる。踏み止まり寛大な心を持てば良心となる。そこに人の違いが生まれる。常陸を男として認めているのであろう？　なら、屈した者どもには寛大な心を持って接しよ。特に民にはな」

「上様……」

「弥助に命じる、アメリカ大陸におる伊達政宗の下に行き穀物の手配をいたせ、良いな」

「……わかりました」

弥助の頭を冷やさせるためにイスパニアから離れさせる。

常陸がおれば良き説得をしてくれるのであろうが儂はどうも苦手だ。

弥助をアメリカ大陸に向かわせて数日、本場金平糖、コンフェイト・コン・ビコシュなる献上品を茶菓子にして茶を点てていると、

「上様、お耳に入れたき議これあり」

「なんだ、へうげもん」

「上様、古田織部重然と言う名が私には」

「ええい、そのような事はどうでも良い、用はなんだ！」

「伊達政宗、家臣と忍びを地中海奥地に送っているようでございます。なんでも武人として『黒騎士』の異名を轟かせているナーダッシュディ・フェレンツの婦人に接近していると伊達家に仕えております我が茶道の弟子が密書を」

密書を手渡してきた古田織部。

「伊達政宗か？　あやつは儂より常陸に仕えていると言ってもよい、何を命じられているかわからん」

「では、常陸様の命でと思われますか？」

「であろう。伊達政宗が単騎で儂に刃向かう気なら今が絶好の機会、常陸が帰っているからな。あの戦上手がこの機を逃すはずはない」

伊達政宗、常陸と共に戦を続け、数々の武功をあげアメリカ大陸でイスパニア帝国を一掃するだけではなく反インカ帝国派をも鎮圧、今は常陸が進めていた農政改革に力を入れていると聞いていたが、先を見越してだろうな、このヨーロッパと呼ばれる地に家臣を忍ばせたのは、しかし念には念を入れておくか。

「織部、その茶人に伊達政宗から目を離すなと伝えよ」

「はっ、しかとそのように」

魂胆が見えていない以上は見張っておかねばなるまい。

伊達政宗、暴走して儂だけでなく常陸の首まで狙うやもしれぬからな。

《伊達家》

「殿、どうやら茶道衆に織田（おだ）の間者が紛れているようですが？」

「ぬはははははははっ、小十郎（こじゅうろう）、そのような事すでにこの右目でお見通しよ、捨て置け」

「よろしいので？」

「かまわぬ、常陸様が織田家を支えている以上儂は織田家に刃向かう気はない。痛くない腹いくらでも見せてやるわ。それより、支倉常長（はせくらつねなが）はいかがした？」

「はっ、ハンガリー王国貴族婦人に召し抱えられました」

「ハンガリー？　おお、ここか？」

常陸様からいただいた世界地図を見て場所を確かめる。

地中海からさらに奥に入った地、アドリア海と書かれた海に面している。

「このような奥地か？」

「はっ、そのようで、なんともその婦人が常陸様が作っておられる萌え製品に惚れ込み集めていると」

「うっうん、そうか……」

萌に理解を示している伊達政宗だったが、戸惑った返事が漏れ出てしまった。

「殿、私は良き地と思っております。なんでも夫はオスマントルコ帝国との戦で名を轟かせたとか」

「オスマントルコ帝国？　幕府と同盟を結んでいる味方だが？」

「いつ反旗を翻すかはわかりません。いざという時こちらの敵方となるかとオスマントルコ帝国は……。ただ次に常陸様の敵となるのは必ずやバチカン、背を取っていれば戦に有利になるかと思われます。オスマントルコ帝国の動きを抑える役目もしくはバチカンを背から攻める見方にもなるかと」

「なるほど、よし、支倉常長宛てに次々と萌の品々を贈ってその婦人とその夫を調略せよ」

「はっ」

「お話し中失礼します。イスパニアの上様から御使者で大黒小笠原守弥助様が殿にお目通りを願っております」

「すぐに会う、広間にお通しせよ」

織田信長からの使者？　なにか良からぬ事を命じられるのかと思いながら広間に行くと、相変わらず大きな体の大黒小笠原守弥助が下座で待っていた。

上意だと思っていたが違うのか？

「小笠原守殿、上様の使者と聞き及んでおります、座の位置が違うかと？」

異国人武将、作法を間違っているのかと思い念の為聞くと首を横に振るので、上座に着座した。

「本日は上様の命とはいえ上意ではございません」

「ん？　それはどういうことかな？」

「はっ、イスパニアに食糧を送るよう命じられましたが、インカ、マヤ、アスティカ、アメリカ、まだまだ復興の最中、その為、余裕があればとの思し召し」

「なるほど、少々回せるくらいの余裕はありますが、インカ帝国が良い顔をするかどうか？　ファナ・ピルコワコ陛下に相談しなければ少し時間をいただきます」

「はっ、よろしくお願いします」

小十郎と二人っきりの相談をする。

「どうする小十郎？」

「殿が仰ったようにインカの民はよい顔をしないでしょう。しかし、ファナ・ピルコワコ陛下は常陸様と心を一つとしているお方、元敵国とはいえ民が困窮しているなら食糧を送ると仰るかと」

「儂もそう思う。だが、タダでくれてやるのは癪に障る」

「なら、このようにしては？」

片倉小十郎が一計を案じ耳打ちをしてきた。

「はははははっ、それは面白い。そのように手配いたせ」

「はっすぐに」

儂はファナ・ピルコワコ陛下に元敵国とはいえ民の困窮を見過ごすことは常陸様の意にそぐわないこととして、上様からの支援要請を受け入れ、食糧を送ると言上すると予想通りすぐに送るべきだと命じられた。

その為、大黒小笠原守弥助が乗ってきた船いっぱいに乾燥トウモロコシと蕎麦を載せさせた。

「上様は大変お喜びになります」

「輸送船が来ればこちらから送る手はずをいたしておくので船を送ってくだされば」

「はっ、上様にお伝えいたします」

「ぬはははははははっ、伊達政宗流石よの～」

伊達政宗からの荷を上様に見せると、あっぱれ！　と言わんばかりに、扇で平手を叩き音を鳴らした。

俺にはその意味がわからず、首をかしげると、

「わからぬか？　見よ、この麻袋に描かれた紋を」

「インカ帝国の紋と伊達家、それに織田家と黒坂家家紋が焼き印でしっかり押されていますがそれがなにか？」

「これを受け取りし民はどう見る？」

「紋のことなどわからぬかと？」

「あぁ、彼らはまだそれを知ってはおらぬ、しかし、常陸の家臣共は着々と学校を造っておる。いずれはその意味に気が付く、麻布となれば使い回しをするであろう？　何年過ぎても焼き印なら消えぬ」

乾燥とうもろこしの入った麻布を叩きながら言った。

「飢えに苦しんでいたとき助けてくれた者は元は敵だった、さげすんでいた民だった……なるほど、借りが出来てしまった」

「伊達政宗、なかなかやるよの～ぬはははははははっ」

俺にはない知恵で先を見据えた戦いをする男達、織田信長、黒坂真琴、そして伊達政宗、それを感じると身震いがした。

先の先をひたすら見る男達、自分はと言えば過去に捕らわれることで憎しみだけを抱え

ていた。

憎しみでこの世は平和には出来ない。

そのような事になぜもっと早く気が付かなかったのだろうか。

その反省からしばらく俺は、アメリカ大陸と行き来する役目を買って出た。

確実に積み荷を運び、イスパニアに届けるよう奮闘した。

《ジブラルタル城評定》

「上様、隠れ潜んでいた元領主、イスパニア貴族、ことごとく引っ捕らえましてございます」

前田利家(まえだとしいえ)が知らせてきたので、斬首を命じた。

「蒲生氏郷(がもううじさと)、常陸(ひたち)の側(そば)で働いていたのだから常陸の考えはわかるであろう？　学校を造りこちら側の思想を植え付けよ。統治しやすいようにな」

「はっ、前田慶次(けいじ)殿が盛んに進めているのでそれを引き継ぎまして」

「ん？　なんだ、あの歌舞伎者は帰っておらなかったのか？」

「はっ、国が弱れば泣くのは女子と申されて、人買いを厳しく取り締まっております」

「ふむ、そうか、取り締まったあとどうしておる？」

「行き場のない女子共は常陸国のように寮を造り住まわせ、勉学の他、歌舞伎なる物を教えているとか、なんでも出雲阿国が主体となっているとのこと、捕まえし人買いは鉱山や河川整備の重労働の刑にしているとのこと」

「出雲阿国は慶次に付いてきたか、まぁ～良い。常陸の国の学校のように何かを作り売るまで、芸事で自分たちが必要とする金を稼ぐすべを得るのも良きこと、そのままやらせておけ」

「はっ」

常陸が造った学校の生徒は養蚕から始め、反物を作り金を得た。

それと同じ事をするには数年の月日がかかる。

それまで収入がない。

そしてこちらでも養蚕をすると市場に絹が増え日本の絹糸の価値が下がってしまう。

前田慶次はその辺りを心得ているのであろう。

「ところでその慶次はどこにいるのだ？　この城下では噂は聞こえてこないが」

「はっ、常陸様が描かれた地図で言いますと『ばるせろな』と言う地にいるようで」

「常陸の家臣よの～もう次の戦も見据えている訳か」

「と、申しますと？」

「ヨーロッパの国々は近く敵になるであろう。フランスとやらがいつ攻め込んでくるかわからぬ。その前に家臣を育てているのであろう。お主達はこのイスパニアで多くの食糧を作り、戦に困らぬようにいたせ、良いな」

「はっ」

家臣からテージョ川の要塞が素晴らしいと耳にした。

ジブラルタル城にいても特に大きな事がなく、蒲生氏郷達に政務は任せてイスパニア散策に出た。

儂の夢は世界をこの目で見ること、支配したこのイスパニアも出来る限り見たい。

異国の地を目で見て鼻で匂いを嗅ぎ、肌で感じたい。

だからと言ってあまり動くと残党に襲撃を受ける可能性は高く、完全掌握しているリスボンに入った。

テージョ川と呼ばれる海と思ってしまうほど大きな川のそばに栄える町、弥助や北アメリカの森蘭丸がよこす輸送船のおかげで賑わう港町の修復が進められているサン・ジョルジェ城に入り見渡した。

濃い黄色の瓦で作られて家々が見渡せる。

「瓦の色を統一すると綺麗な景色になるのだな。安土の街もこのようにいたすか？　仙はどう思う？」

護衛として連れてきた森蘭丸の一番下の弟で儂は仙と呼ぶ森長重に言うと、

「御意。上様の命とあればこの長重、槍にて安土の屋根を赤く染めて見せましょうぞ」

「くはははははっ、流石森可成の子よな〜面白き事を言うが常陸の前では冗談でもそのような事を言ってはならぬからな」

「御意」

常陸と接する機会がなかったため、どうも仙は気性が激しい。

小姓になりたての頃、梁田河内守にちょっかいをかけられて憤慨して殴打、まだ子供だと感じ、小姓の役を解き実家に帰らせたため、本能寺の乱の折にはいなかった。

最近まで、羽柴秀吉の下で戦に行かせていたが国が落ち着いたので槍自慢の腕を見込んで、護衛として御側衆にした。

警護として甲賀衆の頭を家臣としているから適任なのだが気性の荒い無骨者。

「しばらくこの町を散策する。警護しっかりせよ」

「御意」

リスボンの町には多くの古き建物が残っている。

その中の一つカテドラルと呼ばれる建物に足を運んだ。

200年近く歴史のあるステンドグラス窓、まるで薔薇の花びらを思わせる物だ。

「うむ、味わいがあって良い。常陸ならば美少女とやらで作ってしまうだろうがな」

「御意」

長重は興味がなさそうに返事をする。

案内するイスパニア人が建物内部に古き世の町並みが残されていると言い案内される。

石造りの町の痕跡がある。

「面白き物よな～。昔の町の上にそのまま建物を作っているとは、日の本の国では考えられん」

「御意」

儂は感心して見ているが、長重には特に感じる物はないらしい。

へうげものも連れてきた方が良かったのかもしれん。

リスボン、坂の多い町を馬で移動し、サン・ロケ教会と呼ばれる南蛮寺に入った。

案内人が見事な装飾でしょうと言っていたが、常陸の萌装飾に比べると地味だと感じてしまう。

「寺としては確かに凄いとは思うが、常陸が造らせている城などに比べたら地味だな。然したる感動も感じぬわ」

「御意」

「長重、御意としか言えない呪いでもかけられたか？」

「御意」

「まぁ～良い。日暮れだ宿舎に戻るぞ」

「御意」

建築物は光の差し込みがないと面白みはないため、宿舎としているサン・ジョルジュ城に戻ろうとすると、黒い服に身を固めた3人の宣教師と思しき者とすれ違ったとき、森長重は突如槍で突き刺した。

3人を一気に串刺しにした森長重、槍先は3人目の背中から出ており、3人は口から血を吐き、異国の言葉の音として聞こえない微かな声がする。

「はあ？　なにをしておる仙！」

流石の儂も森長重の奇行に驚く。

しかし、力尽きた宣教師の懐から抜き身の短剣が石畳の道に落ちカランと音を立てた。

その瞬間、脇道から次々に出てくる黒服。

長重は刺した男を蹴飛ばし、槍を抜くと付いた血を飛ばすかのように頭上で振り回し、その勢いで黒服達を斬り倒していく。

「おりゃ～兄から賜りし人間無骨の錆にしてくれる」

十文字の大きな槍を腕力でブンブンと風を切りながら、次から次に現れる黒服集団を斬り倒す。

屋根の上から飛び降りてきた仙の家臣の忍びと乱戦になる。

こちらは仙と10人の忍び、それに対して次から次に現れる黒服集団は50を越える。

囲まれて劣勢になり、仙の忍びが次々と倒れていく。

「上様、お逃げ下さい！」

儂も太刀を抜き応戦しようとすると、突如小柄で日本の小太刀を武器にする忍びが現れた。

くノ一と思われる集団が、襲ってきた者を次々と斬り倒した。

身なりからしてすぐにわかる。

セーラー服と呼ばれる服に、鎖帷子、間違いなく常陸が家臣に揃えて着させている服、

「上様、常陸守配下霧隠才蔵と申します。こちらへ」

「ふっ、常陸が従えている噂の忍衆か、助かったか。ん？　この臭いは！」

火縄の燃える臭いが漂ってきた。

火縄銃を使っているのは敵、うちはもう火縄銃は使っていない。

常陸が作らせた薬莢式と呼ばれる火縄を必要としない銃だ。

火縄銃、ほぼ間違いなく敵、忍び達は次々に現れる敵を倒すのに精一杯、目の前には槍を振るう森長重、

「仙、まずいぞ」

「御意！！！」

森長重も気が付いたのか、儂の前に立ち盾になろうとしたとき銃声が6発聞こえた。

火縄銃で6発？　あっちこっちに敵が潜んでいて撃たれたのか？

儂の前に立つ、森長重が盾となり全弾を受け止めた？

「仙？」

「な～にやってんだか上様はっとにも～、おいうちの忍び、ちまちまやってねぇでリボルバーで始末しちまって良いぞ」

気の抜けた声が遠くから聞こえると、忍び達は懐からリボルバー式銃で黒服達を次々に仕留めた。

「上様、お怪我は？」

儂の前で仁王立ちしている長重の声、

「長重、大丈夫か？」

「御意」

「ん？　なら？　先ほどの銃声は？」

暗い道から煙管を咥えプカプカと煙を噴かしながら撃ち終えたばかりとわかる銃口から微かに煙が漂っている歩兵銃を肩に乗せ近づいてくる姿、

「とに、上様、俺がここに寄ってなかったら危なかったな」

「上様、前田慶次殿で」

「なぜここに？」

「うちの殿様の命で色々探っていたら何やら企てている修道会があるっていうから掃除してオーストラリアに帰るつもりだったたってわけでここに来たってわけよ」

「常陸の命令でか？」

「上様、護衛はもう少し多く連れてないと危ないぜ、今出て来た忍びはうちの大将が命じた霧隠才蔵の忍び衆よ、まぁ～俺はこれで用が済んだ、掃除も終わったから取り敢えず領地のオーストラリアに戻るから森のばっち、もっと気張れよ、んじゃな」

港へ続く坂を馬に跨がり颯爽と駆け下りていく姿に拍子抜けした。

その後ろ姿を見ていたつかの間に、今の騒ぎが嘘のように味方の忍びだけでなく敵の遺体すら消えていた。

「ぬはははははっぬはははははははっ面白き男よな、本当に掃除をしていきおったわい」

「前田慶次……子供扱いされた。ちっ、しかし上様、また常陸様に命を救われましたな」

「今出て来たのが常陸が残していった忍びだったとはな。流石忍びを育てる学校を造っただけのことはある」

「御意、護衛は私の配下だけで良いと高をくくっていたこと申し訳ございませんでした」

「まぁ～良い。ただし切腹だけは許さぬからな」

「御意」

数日後、蒲生氏郷が駆けつけてくれ調べると、地下で皆殺しとなっている教会が見つかった。

「上様、恐らくですが、黒坂家の漆黒常陸隊と呼ばれる忍びの働きかと、斬り口の鋭さ、さらに強力な毒を塗っていたと思われる吹き矢も見つかっているので」

「ふっ、だから慶次は残っていた訳か。修道士として身分を偽り一揆を企てていたやもしれぬな」

「おそらくはそのような者達かと、それを始末したので帰ったのでございましょうが、まだ漆黒常陸隊の者に密かに守られているかと、侍女として潜んでいるかと」

「ふっ、常陸め粋な事をしおって、長重貴様の家臣、甲賀衆をもっと鍛え上げよ、忍びは好かぬが常陸を見習わなければならぬ事は取り入れる」

「御意」

◇◆◇◆◇

儂(わし)は数日後、町が落ち着きを取り戻してからテージョ川の要塞『ベレンの塔』に向かう。

正式な名前はサン・ヴィセンテの砦(とりで)と言うらしい。

今回は出来る限りの兵500人を集め、馬揃え(うまぞろえ)のように絢爛豪華(けんらんごうか)な軍勢で移動した。

町人の視線は台車に乗せられた大砲と、兵達が持つリボルバー式歩兵銃に集まった。

儂は常陸からもらったダー●ベイ●ー鎧(よろい)と呼ばれる漆黒の鎧、胸の飾りがインカの宝石で作られており、それが漆黒の鎧の良さを引き立たせた。

「整列、歩兵銃構え、イスパニアはこの織田信長(おだのぶなが)が統治しておる、逆らう者はこうだ！　撃て」

100丁のリボルバー式歩兵銃600発連発が空に撃たれると、街道は真っ白に。煙に一瞬包まれたが海風に乗り消えた。

合図をするため抜いていた、常陸から送られた儀礼剣と思われる見た目が良い朱塗りされた太刀が太陽の光で輝くと多くの人の血を吸っているかのように見えたのか、民は恐怖の声をあげた。

「しばらくは力で統治するのだから脅すくらいが良いであろう」

「御意」

「長重、要塞と言うからには制圧して誰か入っているのであろう？」

「御意、常陸様の家臣、紅常陸隊が」

「ふっ、そちらはお初自慢の女武将集団か？」

「御意」

川の端に建てられている白亜の要塞、黄色生地に黒色織田木瓜の旗の下に、朱色生地に黒色抱き沢瀉の家紋の旗がなびいている。

それに渡るには、セーラー服と呼ばれる服に日本刀を持つ常陸の家臣が操る小舟でないと砲撃されるという。

言われたとおりにその小舟に乗り川を渡った。

「この砦を預かる黒坂常陸守家臣・紅常陸隊組頭、真壁あざとと申します。小さな船で窮屈でございましたでしょう。さあこちらで一服茶を」

「真壁？　鬼真壁の家の者か？」

「はっ、真壁氏幹は祖父でございます」

「うむ、そうか、砦の案内を頼む」

「はっ」

中に入ると石工職人が彫刻を彫っているところだった。

「彫刻の修復中だったか？」

よく見ると、その彫刻は常陸が描いた美少女だった。

「はっ、先の占領戦で砲撃を受けそのほとんどの装飾を失いました。祖父の命で大殿が好んでいるという『りぜろ』なる物語に登場する美少女達を装飾にいたしている最中でございます」

「ぬはははははっそうかそうか、ぬははははっ、なら『りぜろの砦』と名を改めると良いであろう、ぬはははははははっ」

「仰せのままに」

案内が続く、河口に作られた砦だと言うのに地下牢、砲台、役人の間、国王の間、礼拝堂があり、屋上には見張り小屋まである造りに感心した。

既に砲台には最新式アームストロング砲が設置されており敵船をいつでも撃てるようにと待機している女共が凜々しい。

常陸国の学校では良い飯を食わして鍛えていると聞く、それが体格に現れている。

脱げばきっと筋骨隆々、硬い胸なのであろうな。

国王の間、謁見の間は一部畳が敷かれ日本式になっている。

その上の礼拝堂を覗くと、異国の宗教を奉る部屋、遠慮するかのように小さな祭壇が置かれていた。

よくよく見ると神棚で『天照大神』と『鹿島大明神』の他に『大洗磯前神社』と『酒列磯前神社』の御札が奉ってあった。

船の安全航行祈願で積んでいたのであろう。

「異国の礼拝堂で日の本の神を祀(まつ)るか？　バチカンの者が見たらさぞ憤慨するであろうな」

「大殿様の命で、吉利支丹(きりしたん)の十字架も今彫っているところで、近々ここに奉る予定でございます」

「日の本の国のようにいくつもの神を同じ所で祀る寛大な心があれば戦も起きぬであろうが、どうもやつらはそれを許さぬ頑固なところがあるからの〜」

「御意」

「まぁ〜神事は幕府お抱え陰陽師黒坂常陸に任せる、好きにせよ」

「はっ」

儂は神棚に手を合わせたあと屋上に出てリスボンの町を見た。

「良い町なのだから戦には巻き込みたくはないの〜」

「御意」

森長重(もりながしげ)はいつもの返事しかしなかったが、先を見る目は美しい町並みを目に焼き付けているようで同じ気持ちだと思える表情をしていた。

リスボンに滞在してしばらく過ぎ、飯作りに数名ポルトガル人を雇う事となった。

わずかな期間だったが、常陸が作った学校で学んだそうだ。

料理の職が出来たことでこちらにきたという貧しい村出身の者が謎飯を出してきた。

「雑炊の類いだと思ったが菓子か？　なんなんだこれは？」

そのポルトガル人をしばらく監視するために一緒にいた紅常陸隊の者が通訳してくれ、

「アローシュ・ドースなるもので米を砂糖、牛乳で煮て肉桂で香り付けした菓子だそうです。甘い物が好きな上様に召し上がっていただきたく作ったそうで」

「そうか、この国に伝わる料理か、なら許そう。だが、これからは米を砂糖で煮た物は儂はいらぬと伝えよ」

「はっ」

ポルトガル、米を食べるがどうも食べ方が馴染まない。

米を貝や海老と一緒に煮込んだ飯もべちょべちょで好まない。

豆の煮物は色々な種類があり、硬く炊いた飯とよく合う。

魚も大きな鰯があり日本の飯に近いようにしてもらうと大変美味しく食えた。

ん～……台所方には常陸が商売している飯屋から雇い入れるか、常陸が日の本に帰ってしばらく経つ。

次の連絡船で、台所方に何人か送るよう手紙を届けさせよう。

茨城城に帰城する。

今回も樺太からお土産が大量にある。

交易品として加工が盛んになった塩鮭や干した鱈、塩漬け数の子、そして魚介類の缶詰。

「茶々、土産があるぞ」

「あら、また謎の生き物でないでしょうね？」

「いや、ちゃんとした食べ物だ」

「干し魚でしょうか？」

何回か樺太に行っているがその時持って帰ってくるのは大概干し魚や干し昆布など加工した物だ。

日持ちする物が作れなければ持って帰れない。

今は数日で樺太と行き来出来るので冬場なら雪や氷を詰めて生のまま持ち帰る事も出来るが生物は少々心配がある。

食中毒を考えると加工品のほうが安全だ。

「茶々、これが土産だ」

「何です？　この金属の物は？　見たことがないですね」

「それは中に蟹が入っている。缶詰と言う方法で保存した物だ。これからは、この缶詰を発展させるつもりだ」

「かんづめ？」

「まぁ、開けてみればわかる」

「お兄ちゃん、姉様から開け方を教えていただきましたので私が開けますです」

桃子が腕まくりをして張り切っている様子だったので任せると缶切りで蟹の缶詰を綺麗に開けてくれ皿に蟹の身を出してくれた。

「お兄ちゃん、これ大丈夫なのですかです？　蟹の身ですよね？　黒ずんでいますです」

「ん？　あれ？　身なんか黒くなってる？　あれ？　他のも開けてみて」

「はいなのです」

他も開けてみると身が黒い。

皿の蟹の身を崩す茶々。

「中身は蟹の色ですよ、匂いも良い蟹の匂いがいたしますが？」

「茶々様、召しあがるのは……お兄ちゃんどういたしますです？」

さらに出された蟹の身を観察すると缶に触れていた部分の身が変色している。

……？

「あっ！　蟹の缶詰って身が紙にくるまっていたけどあれは変色を防ぐ為だったのか？」

「真琴様？」

「おそらくだが、蟹の身と缶が化学反応して変色したんだと思う」

俺は解した蟹を食べる。

「あっ！　お兄ちゃん、毒味なら私がです！」

桃子が止める前に口に入れてしまう。

「うん、食べられるけど鉄っぽい味がするな、蟹の缶詰は失敗だったかも」

「そうなのですか？　残念です。しかし、このように開けてすぐ食べられるなんて大変便利ですね」

「あぁ、缶詰は新鮮な食品を密閉して加熱するから開けたときにそのまま食べられるんだよ。魚などは骨まで軟らかくなり食べられる。しかも、栄養が逃げないから万能な食品なんだよ」

「そうですか、これは発展させるべき技術ですよ」

「うむ、日本全国に缶詰工場を作らせよう」

「はい、よろしいかと」

「桃子、頼めるかな？　詳しくは桜子が知っているから」

「はいのです。姉様と協力して先ず城下の学校で試してみるのです」

試作の手配を桃子に任せ、全国への技術伝達を森力丸に頼んだ。

力丸は、

「全国にこれを作らせるなら、まずは魚の缶詰を作らせて安土に送ったほうが説得が早いかと」

現物があれば幕府を動かすためのプレゼンも早いわけだ。

全国に工場を作るとなると俺が好きに出来る領地ではない。

幕府からの指導の形を取らないと作れない。

「よし、鰯、鯖、鮭の缶詰を作らせて幕府に献上せよ」

蟹の缶詰は変色の失敗はしてしまったが、魚の缶詰なら大丈夫だろう。

魚の缶詰に紙が入っているのは見たことがない。

あっ、水煮じゃなくオイル缶にしたほうが良いか?

そう言えば加熱しないニシンの缶詰もあったような……あっ、特級呪物扱いされるシュールストレミングか、それはやめておこう。

ん〜まぁ〜缶詰の種類は後々考えよう。

防災国家を作るのに力を入れている俺としてはまずは味よりも保存食の技術確立だろう。

味は作る者が工夫してくれれば良い。

缶詰と言う物を知るのはまだ俺だけなのだから。

確かナポレオン・ボナパルトが喜ぶ話があるのだから200年くらいあとの登場だったはずだ。

ナポレオンが喜ぶ前に織田信長が喜ぶようになるだろうな、これは。

桜子、桃子と森力丸手配で作られた缶詰が、安土に献上されると幕府の命令で全国各地に工場建設が命じられた。

しばらくして様々な缶詰が流通することになる。

常磐物の魚の缶詰に舌鼓を打つ織田信忠と織田秀信、

「これは凄い、秀信、常陸様はまた凄い物を生み出したぞ」

「はっ、これで山に住む者も魚を食せますね」

「あぁ、また食が変わるな」

「はい、父上様、すぐに全国の大名に命じて作らせましょう」

「様々な物を作り試すよう命じる」

「はっ」

幕府から全国の藩に缶詰工場を作るよう命じられ缶詰は急速に広まった。

鉄製缶詰にはどうも酸化する問題点がある。

中身が黒く変色してしまう。

ナポレオン・ボナパルトが最初に軍の食糧として瓶詰を採用したのは知っているが、瓶詰は輸送に問題が多い。

艦隊で遠洋航海をする俺としては航海中の揺れや接触で割れない金属製缶詰にこだわらなければならない。

俺の知識ではアルミ缶製造は無理だ。

アルミ加工には大量の電気が必要だったはず。

技術どころか電気がない。

だったら鉄製缶詰の中に何かを塗布すればよいのか？

酸化し難(にく)い金属？

金の塗布か？

金は流石(さすが)にコストが高すぎる。

何かないか？　少々悩んでいると、缶詰を試行錯誤している桃子が技術部の家臣を連れて相談に来た。

その家臣が、

「錫を塗ってはいかがでしょうか？」

「え？　そんな技術あるの？」

「はっ、もともとは仏像を作る技術ではありますが、変色を防ぐために使われております」

錫でめっきをするわけか？　あれ？　ブリキ缶って鋼鉄に錫をめっきしたものだったかな？

なら、缶詰の変色問題も解決か？

すぐに職人学校で作らせる。

狙いは成功した。

酸化しない缶詰が完成する。

酸化問題が解決したなら、次は味付け缶詰の製造に移る。

魚の水煮缶から味噌煮缶に、オイル漬け缶、肉も挽き肉と味噌を合わせた肉味噌缶などだ。

スパムはおいおい作ろう。

野菜も缶詰にしたいな。

竹の子から試作するのが良いだろう。

竹の子、キノコ、アスパラガス、豆類。

平成で見たことのある缶詰を作り出す。

あれ？　そう言えばアニメでほうれん草の缶詰を食べるとパワーアップするヒーローがいたけれど、ほうれん草の缶詰って見たことないな？

平成では冷凍品が一般的になるからだろうか？

遠洋航海のビタミン不足を補うには野菜や果物の缶詰は必要。

ありとあらゆる缶詰を作り問題が発生する物を削除する方法でいくしかないだろう。

パンの缶詰は難しい技術らしいが、ご飯の缶詰なら大丈夫ではないか？

お粥(かゆ)なら間違いなく作れるはず。

ん～自衛隊って缶詰ですべてを賄えるセットがあったと思うが、残念ながら買いに行く経験がなかった。

茨城県にある百里基地のイベントに行けていれば買う機会もあったのだろうが。

平成時代よく食べていた缶詰と言えば、鮭・鯖・鰯(いわし)。

缶詰の他にも真空パックに冷凍品やフリーズドライ技術が進んでいたし、３６５日季節に関係なく野菜も店頭に並んでいたからな。

オーバーラップ文庫＆ノベルス **NEWS**

文庫注目作

「悪役令嬢に……私はなる！」

処刑された聖女の
やり直し悪役なりきり
ストーリー！

断罪された転生聖女は、悪役令嬢の道を行く！①
著：月島秀一　イラスト：へりがる

ノベルス注目作

血塗れの花嫁、
王女アリシアは、
「未来視」の力で
周囲を味方に
つけていき――

死に戻り花嫁は欲しい物のために、
残虐王太子に溺愛されて悪役夫妻になります！①
～初めまして、裏切り者の旦那さま～
著：雨川透子　イラスト：藤村ゆかこ

あっ！　桃の缶詰、あれは美味かったなぁ～たまに無性に食べたくなるんだよ。

それとさくらんぼの缶詰、あれはアイスクリームとかに添えられていると嬉しかった。

作りたいなぁ。

桃は福島県を治める伊達家、さくらんぼは山形県を治める最上家に命じてみるかってまだ名物ではないか……。

兎に角、缶詰開発専門技術研究所を設立して任せてみるか。

桜子・梅子・桃子姉妹を奉行として研究所を設立した。

改良、開発をまる投げする。

すまない。

缶詰開発だけに時間をかける余裕は俺にはない。

細かな事は研究所に任せよう。

きっと成果を出してくれるはずだ。

この研究所が常陸保存食品製造工業と言う世界最大級の食品会社になることは、俺の知らない未来だった。

「御大将、我が領地と最上殿の領地の国境近くに珍しい水が湧き出していて、胃の腑の薬として良いとか言う物が領民から献上されました。是非とも日頃お疲れの御大将にいかがでしょうか？」

森力丸が瓶詰にした珍しい水とやらを持ってきた。

よくよく聞くと平成で言う福島県の奥会津で汲んだ水だそうだ。

「水が珍しいのか？」

「はい、私も飲みましたが、なにやらこう口の中に入るとジュワジュワとなるので胃が驚きました。妻も飲みましたが、お通じが良くなると気に入っております」

ジュワジュワ？　は？　え？　もしかして……。

「それって炭酸水？」

「すみません、名前はわからないのですが」

そうだ、日本には自然の炭酸水があるんだよ。

有名所と言えば有馬温泉とか有名だった。

くぁ～しまった！　この時代に来て炭酸を飲みたい場面がちょくちょくあったのに、なぜにそれを忘れていた？

奥会津の炭酸水も平成時代度々福島に行っていて聞いたことあったのに……。

すぐに目の前に運ばれて来た炭酸水をガラスで出来たコップに注ぐ。

「こっ、この気泡はまさしく炭酸」

プップツと白い気泡がコップの内側に付いている。

「常陸様ぁ～何気に怪しいですよぉ～」

「弥美(やみ)、力丸が俺をどうにかするはずないから」

「そうじゃなくてぇ～腐っているんじゃないかとぉ～」

「失礼な！　御大将にそのような物を献上するか！」

「まぁ～まぁ～、弥美は一応護衛だから心配してくれてるだけだから、どれ、ゴクッゴクゴクッ、ぷはぁ～、ゲブっ、まさに炭酸水」

微炭酸だが炭酸水そのものだ。

こちらの時代に来て茨城のソウルドリンク、ドクペを飲みたいと常々思っていた。

勿論(もちろん)、それを作るのは難しい。

なら、せめて炭酸水と思っていたが奥会津なら常陸から近いじゃん。

「あぁ、そんなに一気に飲んで、胃の腑の薬と言われているので大量に飲んでは」

力丸が止める。

「あぁ、これは炭酸ガスが水に溶け込んでいてこのように泡が出るんだよ。確かに炭酸水は胃を活性化させて食欲増進の効果もあるから『薬』と言われてもおかしくはないが特段飲み過ぎて体が悪くなる物でもないんだよ」

「ほ～そうなのですか？」

力丸は、封が閉じている瓶を持ち上げ、太陽の光にかざし見ながら言った。

「炭酸が含まれる温泉とかも血流を良くしてくれて体に良いんだよ。未来で科学的に温泉の効能として証明されているのは炭酸ガスが含まれている物だしね」

「なるほど、この水で風呂ですか？」

「そうだ、人工的に作れるしな」

は？　人工的に作れる……。

自分で口に出して気が付くってなんなんだよ。

そうだよ、重曹とクエン酸を混ぜれば作れるんだよ。

重曹、今の日本の交易圏内なら手に入る。

間違いなく手に入るぞ。

あれ？　だったらフルーツフレーバーを合わせて作られていたドクぺって作ろうとすれば似たような物出来なくはないか？

ベリー系統のジュースに重曹とクエン酸を入れたら……。

作れる可能性があるな。

よし、試してみるか。

「力丸、ありがとう。この炭酸水は枯渇し領民に迷惑にならないよう注意しながら汲んで茨城城に運ばせてくれ。輸送費など労働の対価はしっかり払う」

ドクペ開発まではこの微炭酸水で我慢だ。

やっぱり炭酸大好き。

ん？　ヨーロッパも交易圏なのだからシャンパンってのも手に入らないかな？

あれって何年に開発されるんだっけなぁ～。

平成時代高校生だったから酒に興味がなかったからわからないのが残念。

俺のスマホが電子辞書アプリでもダウンロードしてあるなら調べ物も出来ただろうに。

異世界転生物ラノベのようにスマホが使えたらどんなに便利だっただろうか。

そう思いながら、そろそろ限界が近いスマホを手に取り眺めた。

電池流石に限界なんだよなぁ～、破裂爆発する前に取り出しておくか……本体封印したら未来でデータ復元してくれないかなぁ～……。

完全に壊れる前に封印して後世に残すことを決めた。

もし写真データが未来で復元されて見られたら、みんな驚くだろうな。

「頑丈な箱を作ってくれ」

左甚五郎(ひだりじんごろう)と国友茂光(くにともしげみつ)に依頼する。

うちの最高峰の腕を持つ職人二人、

「へい、今日は萌えな美少女ではないなんて珍しいですね、殿様」

「はははは、まあそうだな。以前、木彫りの細工した箱を作ってくれただろ？　印籠のあれを収めるのに一回り大きな箱を頼みたい」

以前、耐衝撃型スマートフォンを目立たなくするため、左甚五郎に木箱のケースを作ってもらった。

しかも、組み木細工で開け方は作った左甚五郎と俺しか知らない。

カメラのレンズの穴とシャッターを押すための最低限の穴しかもうけていない。

その木箱には、美少女が彫刻されている。眼帯を着けた魔女っ子、めぐ○ん。

その め○みんの彫刻の小さな眼帯をずらしてから、帽子をずらして、服をずらす、そしてブラジャーをずらして、パンツをずらす。

この手順をしないと開かない箱はパッと見ると変わったデザインの印籠、薬入れのように見える。

なんとかかんとかソーラーバッテリーで動かし続けたが撮影をするのにも容量が残りわずか、そして電池も膨らみだしてきている。

爆発して完全に跡形もなくなってしまえば未来で画像復元が出来ないだろう。

なので、電池は取り外し本体の封印保存を決めた。

「わかりました。あの箱が収まる物ですね」

「ああ、約400年封印する物だ。兎に角頑丈にしてくれ。その為に外側は国友茂光の鉄の箱で二重にしたいのだ」

「400年、殿様なんでそんな先まで」

国友茂光は驚いている。

「まぁ、気にするな。兎に角頑丈であれば良い」

「400年の後の世で見られても恥ずかしくないものを作って御覧に入れやす」

そうやって作られたのが、漆が塗られた鉄の箱、抱き沢瀉の家紋と揚羽蝶の家紋の蒔絵が施された頑丈な箱。

外側は鉄、中に隙間なくぴったりとした桐の箱が入る。

そして耐衝撃性スマートフォンがぴったりと収まる見事な仕事をしたものだった。

「これを法隆寺に保存させてくれ」

以前手紙も託している法隆寺。

平成まで残る建物と言えば法隆寺しかパッと思いつかないのだから仕方がないだろう。

この技術の結晶の茨城城でさえ残るのかがわからないのだから。

今までありがとう。

俺のスマートフォン。

未来でこの時代の事をみんなで見て欲しいな。

願うならお祖父様や父さん母さんに龍之介達の写真を見せることが出来ると良いのだが。

過去にいる自分たちの孫・ひ孫。

まぁ、これは希望でしかないがデータ復元されることを願おう。

ちなみに電池とソーラーバッテリーは爆発する危険性があるため、地中に埋めた。

俺が一人で茨城城内の端に埋めたのだが、それをこっそり見ていたお江によって墓石が置かれた。

「マコ～名前彫らせるからなんて彫れば良い？」

「電池かな～、って、それ彫るの？」

「うん、彫るよ、電池だね、わかった」

茨城城内に『電池』と彫られた墓石は俺のペットの墓と勘違いされて、俺が生きている間、毎日線香と花がお供えされていた。

◇◆◇◆◇

カメラとして使っていたスマートフォンは未来に残すために完全に壊れる前に封印した。

となると、これからは絵で残さないとならない。

ガラス板に写す写真があるのは知っているが技法を知らない。

なにせフィルム式のカメラも使ったことがない。

カメラと言えば小さな記憶媒体に保存しかわからない。

写真部とかに入っていれば自分でフィルムから写真にする事を学ぶ事もあるのかもしれないが、俺はプリンターでプリントするぐらいしかわからない。

絵師、うちの家臣の狩野派絵師は俺の影響を多大に受けてはいるが、完全な日本画技法で鳥などを描くなら写実的で繊細な絵を描いてくれるのだが、風景画と言うか、城などを描かせると平成に残るいささか細部がわからない屏風絵のようになってしまう。

俺は美少女を描くのは得意だが背景は苦手だ。

ん〜困った。

試しに学校の生徒にも描かせてみるが、講師が狩野派絵師なだけにどうしても風景画は日本画的だ。

「マコ〜みんな上手いけど、違うの？」

お江が言ってくる。

「あぁ、求めている物は風景そのものを切り取ったかのような絵なんだ」

「あ〜マコが隠し持っている本みたいな絵ってことね」

お江は俺の隠し持っている旅行雑誌ららぶをこっそりと見て知っている。

「こういうの欲しいの？」

お江が見せてきたのは写真と見間違えるかのような茨城城を鉄黒漆塗風神雷神萌美少女門を描いた写実的繊細な絵だった。

「はぁ？　これ、誰が描いたの？」

「私」

照れながら言う。

「凄いぞ凄いぞ、なんでこんな絵が描けるんだ？」

「ほら、イスパニアに行った時にマコが忙しい間に教会とか見に行ってて学んだんだよ」

「西洋画の技法と日本画の繊細さを取り入れて自ら完成させたのか？　驚きだ、凄いぞ、お江」

お江の頭を撫でるとお江はニコニコして喜んでいた。

「ははは、マコに誉められた」

「この絵の技法を学校で生徒たちに教えてやって欲しい」

「は～い、わかったよ」

お江は学校で写実的絵画を教える。

試しに他の妻たちにも絵を描いてもらった。

茶々は完全な日本画風で雅な梅の花を描いた。

「茶々の絵は表装したら茶室に良く合いそうだ」

「でも、これではないのですよね？　真琴様が求められているのは？」

「そうだ少し違うね、どれどれお初の絵は……？　心を病んでいるのか？」

「なによ、失礼ね！　病んでないわようっさいわね！」

絵が画伯と呼ばれるレベル、芸術が爆発した絵だ。

声優界にいたなぁ、ちょー人気若手声優で滅茶苦茶可愛くて、滅茶苦茶歌も上手いのに絵は壊滅的。

「う～なんだこれ？　仏像？」

「うっさいわね、真琴様を描いたのに」

目を赤くして半分泣きべそをかきながら怒り逃げていった。

お初の絵は理解出来ない。

桜子は、ん～春画？　しかも、なぜに男同士なんだ？

ん～見なかった事にしよう。

梅子、ん～やはり春画？　しかも、女の子同士？

これも見なかった事にしよう。

桃子、ん～エロい。

これはしまっておこう。

小滝と小糸は漢方薬学を学んでいるせいか、植物が写実的繊細な絵だ。

小滝と小糸も絵画指導を頼みたい所だが、漢方薬学を教えているのでそこまで仕事は押しつけられない。

ラララ……バブル後に流行ったようなイルカの絵。

ん〜なぜにこうなったのだろう？

海に癒やされる。

これは理解出来る芸術だな。

俺の感性に合う。

次に建物を建てるときにふすま絵に採用しよう。

リリリ……？　ピカソ？　はい？　え？　ジミーちゃん？

芸術過ぎて理解出来ない。

前衛的芸術絵画と言って良いだろう。

ん〜理解出来ない。

「リリリ、これはなに？」

「え？　筑波山を描いたつもりでした」

上下すらわからない絵だ。

俺の感性では計りきれない。

こういった絵が好きな人にならわかるのだろうが。

妻たちの画風は千差万別だった。

弥美は……俺の萌えを完全に習得してしまっている。

茨城城に帰ってきてからは海外で仕入れた物語を萌えイラストで漫画化していた。

今、求めているのは写実的繊細な風景を描ける絵師なので、適任者はお江だけだ。

1605年　2月3日

織田家筆頭家老、越中・能登・飛騨の広大な領地を持つ安土幕府五大老の一人、柴田勝家死去の知らせを茨城城で受けた。

病気でかなり弱っていたそうだが厠で倒れそのまま帰らぬ人となったとのことだ。

「越中の寒い厠は年老いた体にとどめを刺したのだろう」

「真琴様、黙っておりましたが柴田殿には少しずつ毒を……」

茶々がボソリと言う。

その顔は俺に叱られるのでは？感が出ている神妙な面持ち。

「徳川家康との対立のあとから？」

コクリと静かに頷いた。

「なら仕方ない。柴田勝家にも国内安定の為に働いて欲しかったのだが徳川家康と対立してばかりだったと聞いている」

「義父様をずっと支えてきたと言う誇りで徳川殿と対立しておりましたから」

「そうか。茶々、これからも留守の間、不穏な動きがあったら裏柳生、漆黒常陸隊を使って良いから。国内は織田幕府を頂点とした政治体制で安定させたい。その為に大名の力を削ぐ事は仕方がないこと」

「はい、真琴様」

柴田勝家葬儀には伊達政道を代参させた。

そしてしばらくして柴田家から使者が来た。

「御礼かな？」

「違うかと、柴田家の跡目相続の事かと思われます。柴田勝政、柴田勝豊、柴田勝敏から別々の使者なので。我先にと馬が潰れるまで走らせたみたいで大変汚れていたので風呂に入らせ、身なりを整えさせています」

「なんかめんどくさい予感が、はぁ～……」

「私が応対しますが？　真琴様は海外の事を任されているわけで、他藩の事は気にしなくて良いかと、ただ、悔やみの礼だとすると誰かが会ってやらねばならないので私がお相手しましょう。黒坂家正室、それに大納言である私が茶の一杯でも飲ませれば礼儀に失することはありませんから」

俺が大きくため息を吐くと、茶々が気を利かせて言ってくれた。

「いや、俺が会おう、広間に一人ずつ通して」

「わかりました」

それぞれが柴田勝家葬儀代参の御礼を述べたあと主が書いた手紙を渡して来た。

内容はほぼほぼ一緒だ。

柴田家の跡目相続の後ろ盾になってほしいと言うものだ。

柴田勝家には実子がおらず皆、養子だ。

跡目を決めずに逝ってしまった。

そこで事実上幕府ナンバー2の俺を頼ってきたわけだ。

柴田宗家の跡目を継いで織田家筆頭家老、五大老の地位を手に入れたく俺を頼ってきた。

「真琴様どうするつもりで？」

「御大将どうします？」

「茶々、力丸、他家の跡目相続に口出しはしない。しかも柴田のこの者達を良く知らないからな余計に口出しのしようがない。だがしかし、口出しをしなければ戦になりかねない。違うか？」

「はっ、忍びからは軍備を整えていると耳に入りました」

「戦はならん。ただ、俺が出張るのではなく、ここは幕府として将軍として信忠様に裁可を下して貰うのが幕府の力を示すのに良い機会、よってこの手紙は全て安土に送る」

「御大将の意見はつけないのですか？」

「俺が意見を出せばおもしろくない者も多かろう、幕府に任せる。但し、戦になりそうならすぐに動くとだけは手紙に、それと最上義康に船の用意をさせといてくれ、いつでも海から砲撃出来るようになと」

「はっ、すぐに早馬を」

最上義康は日本海酒田に軍港を整備し旧式ではあるが鉄甲船を配備している。

その鉄甲船はもし柴田家で乱があれば海側からの戦力になる。

他にも真田昌幸と上杉景勝にいざという時は幕府軍として動けるように早馬を送った。

「当家も、安土屋敷と越中そばに兵を潜ませいざという時動けるよう仕度しておきます」

「茶々に任せる」

俺は3人の使者の手紙を安土に送った。

『誰か一人に加担して後ろ盾になるつもりはなく、幕府にお任せする。ただし、誰かが武力を使い柴田家を我が物にいたそうとするならすぐに軍を向かわせ一気に鎮圧、民が苦しまない最善の方法を選ぶ』と書いた手紙を添えて。

《織田信忠と徳川家康とお市(いち)》

「常陸殿を頼るとは柴田は浅はかよな、三河守(みかわのかみ)」

織田信忠と徳川家康は常陸から送られてきた手紙を読むと呆(あき)れていた。

大目付として、そして相談役として同席したお市もその手紙を読むと、

「婿殿はこのような事に首を突っ込むほど暇ではないのに……」

「叔母上確かにあの方はそのような事では動かないですね。そのような事もわからないとは周りが見えていないのですね柴田家家中は。で、三河守、いかがいたすつもりだ？　柴田家を？」

織田信忠とお市は徳川家康の意見を求めてジッと顔を見ていた。

「柴田家を取り潰すのは簡単、跡目が決まっていない大名の取り潰しは武家諸法度として

出しております。法に従うなら取り潰しが妥当、しかしあれほどの大藩を取り潰しとすれば多くの家臣が路頭に迷い、そして民が混乱します。ですので、柴田家は分割相続がよろしいかと。柴田勝家は織田家を長年支えていた功績があるので他からも文句はないかと」

「三河守、分藩して柴田家の力を削ぐのだな？　良いように言ったが内心はそうであろう？」

「はっ」

「まぁ～良い。柴田家は3人に分割相続とする。それと時節が見えておらぬゆえ、五大老の席から抜けてもらう。空いた席は前田利長とする。前田家は父上様の海外遠征に大きく貢献し、また、利長は様々な工芸品に力を入れ輸出、国を豊かにする事に尽力しておる。適任であろう？　叔母上もそれでよろしいか？」

「良い判断だと思いますわ」

「はっ、お市様が仰る通りで、私も良き決済だと。前田家が五大老なら他の大名も納得なはず」

「ではそのように事を進めよ」

「はっ」

「大殿様、幕府から手紙が届きました。こちらです」

「ありがとう」

幕府から柴田家の処遇について手紙が届いた。

柴田家を五大老から外し、越中を柴田勝政、能登を柴田勝豊、飛騨を柴田勝敏に分配して相続させると裁可を下した。

悪くない裁可だと思う。

五大老の空いた席には、前田利家の嫡男で前田家を相続している前田利長が任命された。

領地の文化の発展が高く評価されたのと、俺との関係性、また、妻が織田信長の娘であることが理由なのは誰が見ても一目瞭然だ。

織田信忠は俺が口出ししなかった事が流石だと周囲に漏らしていた。

俺は俺でわきまえているつもりだ。

俺が聞かれもしないのに口出しをすればどちらが上だかがわからなくなる。

そのような事は避けたい。

安土幕府の安定的国家を俺は望んでいるのだから。

「おのれ！　能登だと！　ふざけるな！」

柴田勝豊は幕府の判断に不服で荒れ狂っていた。

「こうなったら一戦」

「殿、いけません。と、言うか戦にもなりません」

「なにを申すか！」

「殿、海をご覧下さい」

「はあ？　海、鉄甲船が見えているがあれが何だと言うのだ」

「あれは最上様の船、最上様が動いているとなればそれは間違いなく右大臣様の命、当家に戦の動きあれば撃ってくるでしょう。西からも前田利家様次男が指揮する船が出ているとのこと」

「くっ、黒坂流兵法か……」

「海上から大砲が撃たれている間に、上杉も動くかと、そうなれば柴田勝政殿が一緒になり攻めてきます。背後は前田家それに国境にも右大臣家の兵が潜んでいるとか、右大臣家の兵と言えば今では世界を相手にしている者達、そのような強者と当家は戦う力がありません。3日と持ちますまい」

「3日……3日間持てば今の幕府に不平を持つ大名が動くはず」

「動きません」

「えぇい、それでも挙兵だ！」

「殿……残念です」

柴田勝豊を諫めようとしていた家臣が突如脇差しを抜き、勝豊を正面から勢いよく一突きにした。

「ぐぁっ、高綱貴様！　なぜじゃ」

「我が妻は常陸藩校出身、妻を通じて右大臣家茶々様から常々手紙が届いておりました。争い事が起きそうなら命をかけて止めよと」

「当家にも黒坂真琴の間者がはいっていたとは！　無念」

柴田勝豊は即死、勝豊を討った家臣は即出奔、主殺しとして指名手配されるが捕まることはなかった。

漆黒常陸隊によりオーストラリア大陸に逃れた亀田高綱は名を変え、オーストラリア大陸黒坂領で晩年を過ごすことになる。

そして能登は前田利家次男、利政が拝領し幕府より能登周辺の海域守護の役目が言い渡された。

◇◆◇◆◇

「大殿様、前田利政殿より能登に一度来て統治の助言をいただけないかと使者が来ておりますがいかがいたしましょう？」

執務をしていると家臣が知らせてくれた。

それを地図を見ながら茶々に話すと、

「面倒ならお断りなされば良いではないですか？　しかし前田家とは縁続き、農政改革の助言に成田長親を向かわせればよろしいかと申し上げたいところですが、そのお顔から察するになにかございますか？」

茶々は俺の顔色で察した。

「うん、少々ね。杞憂であれば良いんだけど何か靄かかって見えるんだよね。陰陽の力を使って地図を見ると」

「そうですか……なら行かれますか？　最近執務続きでお疲れのご様子ですから私としては引き留めたいのですが」

占いの力を高めたく、地震が次どこで起きるかと占っているが、全国で反応してしまいいつ起きるかまではわからない。

「前田家には昔、賤ヶ岳城築城の折、耐震設計指導はしているし、海外遠征ではパネル工法の砦を近くで見ている。今更指導するほどではないと思う。ただ、能登は半島、道造りを怠ると孤立してしまう。よって常陸藩内街道整備の実績がある山内家から家臣を出させよう」

「では、そのように手配して念の為、ドーム型パネル工法を習得した大工達も数名送り指導させましょう」

「うん、天正大地震を経験している前田家なら将来の災害に備えてと言えば金も出すだろう。いや、ここは松様に手紙を書いてでも出させて行ってもらおう」

「ではその手紙は私が」

「頼んだよ茶々」

茶々がニュージーランドにいる松様に手紙を送ると、本家分家関係なしに災害に備えた国造りをするよう前田利長と前田利政に命じた事を知らせる使者が来た。

「これで少しは真琴様の靄は晴れましたか？」

「いや、どれだけ備えても災害の力には人間は無力だから、ただ実際地震が来たとき少しでも被害が少なくなるよう願い働くだけだよ」

「私はその手助けをいたします」

「余裕があればなぁ～能登に行ったんだけど執務まだ残ってるし領内巡察もしたいから

……。能登、氣多(けた)大社詣でをして和倉温泉に入って、白エビの刺身に蛍烏賊(ほたるいか)の沖漬け食べて、のんびりしたいな～、白エビめちゃくちゃ美味(うま)いんだよ。ねっとりととろけるかのような舌触りの刺身でね、一口口に入れると広がる甘み、あれは海老(えび)の中でも一二を争う美味さ、お酒が飲めるようになったから、あれで一杯飲んだら最高だろうなぁ～、酒のつまみにも最高だろうけど熱々ご飯に乗せて食べる蛍烏賊の沖漬けもまたよし、そして冬の脂がたっぷりのった鰤(ぶり)の刺身、能登は美味い物の宝庫、のんびり行きたいなぁ」

「まぁ～よろしいですわね。いずれ行きましょう」

「そうだね、老後の楽しみだ」

「ですね」

「私も行くからね！」

天井から顔を出したお江(ごう)は涎(よだれ)を俺の頭上に垂れ流すかのように口元に流していた。

「おい、涎を垂らすなよ、大切な書類読んでいた所なんだからな汚すなよ、っとにお江の食い意地は相変わらずだな」

「お江、少しは食い意地を抑えなさい」

お江は茶々に怒られると、天井板を戻して顔を隠した。

俺と茶々はそれを見てクスクスと笑った。

いつの日か嫁達みんなを連れて、ゆっくりのんびり北陸旅行に行きたいなぁ～。
和倉温泉だけでなく、加賀温泉郷の粟津温泉、山中温泉、片山津温泉でゆっくり湯治、
そんな老後の旅をしたいなぁ～。

# 第五章　常陸国領内巡察

1605年　3月

梅が咲き、メジロが花の蜜を啄(ついば)み、鶯(うぐいす)が鳴く練習を始めだした頃、俺は執務で籠もっていた城から出て動き出す。

春の温かな日差しの中、庭で素振りをしていると、

「まるで冬眠していた熊が動き出すみたいですね、ふふふふっ」

茶々が俺を笑っていた。

「ははは、寒がりは体質なのだから仕方がないだろ。暖かくなったので少し領内を見回ってくる」

また、近々海に出る予定の為、その前に領内巡察をする事にした。

一つ気になってる城もあるからだ。

「巡察は良いのですが、まだまだ朝晩寒いのでお身体(からだ)の事を考え、そうですねぇ〜梅子(うめこ)、いや桃子(ももこ)を同行させましょう。温かな食事は真琴様が推奨している医食同源、食事の世話は信頼出来る者がしないと」

食事と身の回りの世話として桃子が茶々によって命じられた。

お初、お江、弥美はいつものごとく護衛だ。

弥美は相変わらず面倒くさがるが、お初に尻を蹴られると渋々動いていた。

「お兄ちゃん、弥美さんって結局動くのになんで嫌がるんですです？」

「ん～なんでだろ？」

「面白いですです」

桃子に笑われているのを知ると弥美は、

「私が面白いって笑うのなんか不満なんですけどぉ～」

「あんたねぇ、不満言うくらいなら最初っから動きなさいよね！」

お初のさらなる蹴りが飛んでくると俊敏に避けていた。

「実はお強いのに面白い方ですです」

桃子はクスクスとお初と弥美のやり取りが気に入っているみたいだった。

「桃子、あんたは真琴様の側室として古株なのですから、弥美の躾け手伝いなさい」

「え～私はそんな事出来ませんですです」

「乳ばっかり揺らしてないで」

「お兄ちゃん、お初様の八つ当たりが恐いですです」

桃子の胸は今でも張りがあり、服の上からでもわかるくらいにたゆんたゆんと揺れてい

る。

「お初、その辺にしといて、ほら出発を急がないと夕暮れになっちゃうから」

仕度を済ませて、急いで霞ヶ浦から船で鹿島に向かうと案の定夕刻となっていた。

「真琴様、船の用意は調っているとのことですが」

「わざわざ夜出港する程急いでいないから出港は明朝にする。船員達にはそのように伝えて」

翌朝、鹿島城天守から日の出を拝んだあと出港した。

気になっている藤堂高虎に任せたままの久慈川河口に造らせていた城に向けて。

完成して数年経過している。

造船所も作られ稼働している。

茶々も俺の留守中視察をしてくれたらしいが、自分の目で確かめたい。

そのくらい重要な拠点。

常陸国は鹿島港・日立港・五浦港を軍港として整備、鹿島港は柳生家、五浦港は伊達家、そして、日立港は藤堂高虎に任せてある。

鹿島港から船で日立港を目指す。

昼近くになって見えてきた日立港、鹿島港に負けず劣らずの海城として巨大な城塞になっていた。

海から見れば守りの砲台が死角なく設置されている。

港に着くと藤堂高虎は出迎えた。

「お久しぶりにございます。御健勝の御様子で何よりにございます」

「あぁ、暖かくなってきたからな、調子がよい」

「真琴様、そのような事を申しているのではないと思いますが」

お初のツッコミが的確に入った。

「ははははは、そうだな。いや~それにしても日立港、なかなかの出来栄え、海から見ただけでもわかる。流石に藤堂高虎の仕事、良い縄張りだな~」

「嬉しい御言葉ありがたき幸せ。ささっ、眺めの良い場所に案内いたしとうございます。どうかこちらへ」

高台に案内される。

日立の地形は関東平野が終わる所で北は高台となる土地だ。

その高台に段々に廓が造られている。

俺が装飾の指示を出しているわけではないので、オーソドックスなと言うのか元来の日本の戦国時代の城だ。

萌な装飾は残念ながらない。

天守に上り周りを一望する。

東には太平洋、北は神峰の山々、南には関東平野、西には阿武隈山脈の山々。

眺めは最高に良い。

この地は、この時間線では関東の乱で主戦場となり多くの兵士の血が流れた土地だ。

それがなかったかのように畑が広がり、街も造られている。

「高虎、一つ頼みがある」

「なんでしょうか？」

「寺を建立してくれ」

「わかっております。茶々の方様の命ですでに完成しております」

茶々は俺が考える事をちゃんとわかっている心強い妻だ。

「そうか、もう建立してあるのか」

「はっ、あの時の兵達の魂を鎮めるために大甕に」

「そうか、大甕に建立したか、大甕は神社もある、神と仏の力を使えば魂もきっと定められし場所に行くはずだ」

大甕神社、映画『君の名は。』が好きな者なら隠れ聖地として有名な神社だ。

その神社には甕星香々背男と呼ばれる星の神が封印されている。

荒ぶる魂を封印するにはちょうど良い。

封印する力を持つ神、健葉槌命を祀る。

「高虎に任せて正解だったな。この日立は茨城の南北、海の中継地として重要な場所、このまま発展に尽力してくれ」

「はっ、ご期待にそえるよう働く所存にございます」

この日の夜は、日立城に宿泊し常磐物の新鮮な魚を桃子が刺身にしてくれ舌鼓を打った。

「殿、泉神社御神水仕立ての酒をどうぞ」

「いや、今宵は少し旅の疲れが、薬を飲むから酒は控えておこう。その酒は土産として持ち帰って飲ませてもらう。しかし、泉神社の湧き水を使った酒か、あの泉は綺麗だよね」

「はっ、仰る通りで。あの泉の美しさは心を清める力を感じます。関東の乱で荒れ果てた社殿を建て直させていただきました。この酒はそこの湧き水を田に引き入れ使い、育てた米で作られております」

「仕込む水と稲を育てる水があそこのか、それは楽しみだ」

俺がいた時間線では泉神社は住宅地すぐそばにある小さな社殿の神社、その敷地内にコンコンと湧く泉がある。

とある芸能人の知らない世界を紹介する番組で辰年のパワースポットと紹介され一躍有名となった神社だが、常陸国風土記には『蜜筑の里の大井』として記述され、戦国大名・佐竹氏、そして江戸時代は水戸黄門で有名な水戸藩が保護していた。

俺の時間線では藤堂高虎が社殿造営を行ったことになる。

藤堂高虎の酌を断り、夕飯を食べたあと早々と寝所に入った。

丑三つ時、噂の24時間稼働の工場に漆黒常陸隊の案内でこっそりと潜入してのぞき込む。

鞭で打たれて強制労働などないか確かめるために。

俺のサポートに徹する漆黒常陸隊、

「ぽぇ～大殿様、足元気を付けて下さいぽぇ～その紐、鳴り子付いてますぽえ～」

お江の一番弟子、大洗黒江に注意されてしまう。

サポートがお江でないのは、お江は一足先に次の宿になる水戸城に向かったからだ。

日立港から水戸城まで予定している道中の安全確保に出向いている。

その為、大洗黒江が先導をしている。

お江だったらこんなこと止められていたかもしれないな、自分が確かめると言って。

「屋根裏に鳴子かぁ～」

鳴子、木の板に竹が付けられており、紐に触るとそれが鳴る忍び除け、この時代の防犯装置だ。

「船の秘密を探ろうとしている者を捕らえるため、漆黒常陸隊指導で取り付けているのですぽえ～」

「なるほど、だから複雑なのか」

「大殿様、もう少しです。ほら、頭ぶつかる、そこ、尻に当たりますぽえ～、あっ、ほら見えてきましたですぽえ～」

下を覗(のぞ)くと皆、コツコツと手作業をしている。

「茶々様の命で、漆黒常陸隊の者が数名入っておりますが、決して強制労働ではないと報告受けていますぽえ～」

「なら、構わぬのだが、あ～仮眠かな？　横になるスペースもあるみたいだ。なるほど、夜働く者は無理なく自分のペースでやっているのか、夜型人間もいるからその人達(たち)の為の働き方改革……あっ」

足を滑らせ梁(はり)から落ちそうになり、懸垂状態になってしまう。

落ちても受け身でどうにかなる高さだが、

「くせ者だ、であえであえ！」

気が付かれて下で薙刀(なぎなた)や槍(やり)を構える労働者達、

「あっ、みんな武器を置きなさい。あれは大殿様よ」

一人が気が付いたのか、武器を構えている者達に言うと、

「あっ、確かに、学校の授業で私もお見かけしているわ」

「大殿様、今、座布団を敷きますから、皆座布団集めなさい急いで！」

労働者達は皆、自分達の座布団を集めてくれ小さな山が出来上がる。

これは下りるべきだな。

ポスッと静かな音を鳴らし、床に下りると座布団の山で逆に体勢を崩して、前によろけ倒れそうになると一人の少し赤みがかった髪の女性が受け止め、耳元で俺にしか聞こえないように、

「大殿様、漆黒常陸隊潜入組赤真と申します。さっ、案内します。こちらへ」

外に案内された。

「皆には口止めをしておきますが、藤堂様の配下もおりますので、忍び込んだことはばれるかと」

「そうか、まぁ〜そちらはなんとかしよう。役目大義、作業に戻って」

「はっ」

赤真が離れるとすぐに大洗黒江が屋根から飛び降りてきた。

「大殿様、大事ないですか？　ぽえ〜」

「あぁ、問題ない。藤堂高虎には明日朝、酔狂で忍び対策を見たかったと言えばごまかせるだろう」

「そんなものですかねぇ〜ぽえ〜」

「殿、私は悲しうございます。奴隷の禁止の法度、しっかり守っておりますのに、まさか

疑われるとは、疑いあるならこの腹かっさばいて身の潔白を証明して見せましょう、御免！」

浅葱色の上下姿で俺が起きるのを藤堂高虎は大広間の外にある白州と呼ばれる白石が敷き詰められた庭に蓙を敷いて待っていた。

「うわっ、馬鹿、やめろ！　早まるな！」

藤堂高虎が短刀を和紙に包んで切腹しようとするのを必死に止めた。

「船、大砲、鉄砲、様々な物を作らせているから、工房の警備がどうなっているか確かめたかっただけだ。酔狂だ許せ」

「忍び対策は黒坂家忍び衆に正式に任せております。その事も黒坂家法度、報連相に従い行っております。なんら隠すような事はございません。この腹を開けて見ればわかること」

俺より体格の良い藤堂高虎の馬鹿力が短刀を腹に近づけていく。それを必死に止めようとしていると、藤堂高虎の背後に周り首後ろを軽く叩いて気絶させる大洗黒江。

「ふぅ～助かった、お江レベルだな、黒江は」

「そりゃ～とぼけた顔しているけど掃除屋と裏で言われるくらいの腕ですから、忍敵を次々に掃除していますよ」

お初が冷静にいうなか、弥美がせっせと鎖で藤堂高虎を縛っていた。

「おいおい、罪人じゃないんだから」

「こうでもしないと、目を覚ましたらまた腸見せてやると騒ぎますよ、弥美、しっかり縛りなさい」

「はぁぁぁい、がっちり亀甲縛りいぇぇぇぇい」

阿●寛に似ているイケメン大男、藤堂高虎は弥美によって亀甲縛りになり、しばらくしてから目を覚ました。

「くっ、武士として屈辱、首を跳ねて下され」

バシッ。

全力で頬を叩くお初、

「馬鹿な事言ってないの！　黒坂家法度を重んじているなら勝手な切腹禁止なのもわかっているわよね！　何が恥よ！　真琴様は貴方を疑ったのではないのよ！　警備に手薄がないかを疑ったのよ！　疑った相手は漆黒常陸隊、良い勘違いしないでよね！」

「拙者を疑ったわけではない？」

3交代勤務が強制労働でないのを確認するために忍び込んだのだが、嘘をつく。

「だからそうだって言ってるよね、はぁ〜優秀な家臣を失うとこだった。はぁ〜なんかめちゃくちゃ疲れたよ。藤堂高虎、加増に値するか検分に来たんだから勘違いされて切腹されたら本末転倒だよっとに。藤堂高虎に言い渡す。日立港城築城、造船所造り、また、工房運宮まことに見事な働きである。この目でしかと確かめた。よって一万石の加増を言い渡す」

「加増？　有り難き幸せにございます」

頭を下げた藤堂高虎はバランスを崩して、地面に倒れた。

「誤解が解けたようね。弥美、解いてあげなさい」

「えぇ～せっかくきちんと縛れたのにぃぃぃ」

「解きなさい。もう必要ないんだから」

「はぁぁぁい」

解かれた藤堂高虎は両手を白州につき、居直り頭を下げた。

「ついカッとなってこのような騒ぎを起こして申し訳ありませんでした」

「わかってくれさえすれば良いんだよ。これからも長生きをしてしっかり黒坂家を支えるように」

「はっ、身に余る光栄の御言葉（おことば）しっかり受け止め、これからも精進致します」

自分自身の目で確かめたかっただけなのに大騒ぎになってしまったことで、領内巡回後に茶々にこっぴどく叱られた。

冬の間に読んでいた報告書の通りだったら加増をと思って確かめたかっただけなのに。

◇◆◇◆◇

日立港から山間部に向けて出立、俺が信仰している神社が日立の山深い場所にある。

それは御岩神社だ。

平成時代、パワースポットとして有名になった神社。

縄文時代から、この地で祭祀が行われていた祭祀遺跡も発掘されておりパワースポットとして由緒正しいと言うか、古い歴史を持つ神社。

とある女優が参拝してブログに書いたのだが、その女優は程なくして人気アイドルグループの優しい顔立ちで人気のメンバーと結婚した。

正月に渋い俳優さんが『毎年参拝しております』とツイートする神社、人気ライトノベル作家がヒット祈願している神社なのだが、『都市伝説・御岩神社』と検索するとまことしやかな都市伝説が出てくる。

宇宙飛行士が宇宙ステーションから不思議な光の柱を見たという物だ。

地球に帰還して気になった宇宙飛行士は座標を調べたところ、この御岩神社で、参拝してみると御神体の山に不思議な岩の柱がありそこからパワーを感じたとか言う都市伝説だ。

勿論、都市伝説なので真相は不明な話だが、史実歴史時代線では水戸黄門で有名な徳川光圀が歴史書『大日本史』を書き始める際に成功を祈願している神社で山の中にその時祈願した祠がポツンとまるで人気ゲームの回復場所みたいに存在している。

その写真が所謂『映え』として若い子達の間で話題になっているのを目にしたことがある。

御神体の山は険しく山伏が修行に使ったなどとも言われており、俺も陰陽師としての修行で度々祖父に連れられて山を走り込んだ。

この御岩神社１８８柱と言うとてつもない神が祀られており、また平成時代でも神仏合祀が色濃く残り大日如来が祀られている。

俺はこの神社を常陸国主となった時から保護している。

以前、茶々が作った『御祓い済み御神酒・黒坂シリーズ』の御岩神社版の売り上げの一部を神社の発展に使っている。

その為、平成時代より建物は多く、山の奥だというのに賑わいのある神社になった。

日立の鉱山発掘も近くでしているため海からその神社まで進む道も山間だと言うのに綺麗に整備されている。

「お初、ここら辺は２０２３年豪雨で酷く崩れて往来が不自由になる。この道は大子に抜ける道。大子から奥州、また下野に抜ける道にも繋がる。山間で大変だろうけど整備費用は多く付けるよう命じさせて」

「はい、そのように帳面に書いておきあとで姉上様にお渡しします」

御岩神社に到着、鳥居からはお初と警護5人だけ連れ、静かに社殿に参拝をする。

「お忍びですね」

たまたま通りかかった神主が気を利かせて小声で話しかけてきた。

「ははは、流石にわかりますよね」

「はい、勿論にございます」

「良い発展をしているようで何より」

俺が言うと、お初が、

「これぞ神社のあるべき姿よね」

「ん？」

笠間稲荷神社・美少女萌狐朱塗山門や、門や神殿の飾りをよくよく見るとわかる萌神獣、美少女化した麒麟・朱雀・白虎・青龍・獅子や十二支が隠れている鹿島神宮のように萌えがない。

ここは日本古来の神社らしい神社だ。

「萌え門寄進したいな」

つぶやくと、

「駄目です」

「駄目か？」

「駄目です」

お初がしかめっ面をして言ってくる。

そのやりとりを神主は笑って見ていた。

「ははははは、笠間稲荷の門は私も見ております。立派で良いですよね。楽しげで」

「だろ？　良いだろ？」

言うと、お初は、

「絶対に駄目です。良き静かな味わいを残すべきです。この神々が住まう裏山の木々と調和する社殿だからこそ良いのです。萌え門はその調和を崩すだけ、うっとうしくなります」

猛反発する。

まあ、何でもかんでも萌え化するのもと言う考えはわからなくはない。

「静かな味わいな。それは確かに大切だ」

「はい。百花繚乱の神社も悪いとは言いませんが、静寂な山を静かな心で祀るのも悪くないはずです。いや、これがあるべき本来の姿なのです」

俺の心に楔を打つように睨んでくるお初、恐い。

「仕方がない。ここは俺は手出ししないか」

「その方が良いと思います」

「神主殿、萌え門の寄進はしませんが、なにか手助けが必要なときはおっしゃってくださ
い」
「右府様、ありがとうございます」
御岩神社の萌え化は諦め静かに参拝して山を下った。

街道沿いの神峰神社、大甕神社もこっそりと参拝して水戸街道を南下する。

大甕神社を過ぎると、関東平野、広がる平地の先にうっすらと筑波山が見える。

そこまで全てが田畑なのではないか？　と思わせるほど広大な田畑が広がっている。

農政改革を実感出来る景色。

街道を進むと道脇では田植えの季節前に畦作りをしている者が多く見えた。

馬を止め、畦を見る。

「おっ、ふきのとうも出て来ているな」

「お兄ちゃん、夕飯に食べたいですか？　です」

「ん、是非いただこう」

「はいなのです。天ぷらにするです。わけて貰うよう声かけてくるので少し待ってて下さいなのです」

桃子は畦を作っている農民に声をかけて、畦道に出ていたふきのとうを編み笠いっぱい

に採った。

そんなに食べたら口の中渋くなりそう。

街道は整備が進んでおり日立から水戸なら馬を小走りさせて、夕方に水戸城に入城すると多くの山内(やまうち)家家臣が城門の外から並び城門すぐ手前で山内一豊(かずとよ)と、その妻・千代(ちよ)が出迎えた。

史実では山内一豊の実子・与祢(よね)は天正大地震の時、長浜城で死んでいるが、俺の歴史改変で山内一豊は長浜城主にはなっておらず、難を逃れている。

そして俺の嫁の一人になっている。

山内一豊は史実では１６０５年に死んでいる。

二度の卒中の末病死したと言われている。

だが、俺が一豊を雇うときに酒を控えるように言った為(ため)か、千代が健康を管理し卒中を起こしていない。

小糸(こいと)小滝(こたき)姉妹に書かせた俺の医学的知識、そして医食同源の書をよく読み、魚をよく食べ納豆も一日一食必ず食べているとのことだった。

そしてこの城にも医療を学んだ学校卒業生が働いている。

その者達(たち)が診ているそうだ。

元気なのはなにより。

「ようこそお立ち寄りくださいました。お江様の知らせで、大洗から新鮮な魚を取り寄せて待っておりました。どうかご堪能下さい」

お江が先立ちとして街道に怪しげな者はいないか、そして宿泊先の城が安全かこっそり見ている。

「それは夕飯が楽しみだ」

そんな挨拶をしていると、山内一豊の足元からひょっこり顔を出すまだ3歳ほどの男の子が、

「えらいひと?」

「これ、光豊丸、勝手に出て来てはなりません。こちらは我らが主、大殿様ですよ。向こうに行っていなさい」

千代が恐い顔で言う。

「千代なら俺が子供嫌いでないの知っていたと思うんだけど、ねぇ～それより一豊達の子?」

「いえ、残念ながら。この子は弟康豊の子、甥にございます」

「あ～甥か～おいで、高い高いしてあげよう」

「そんな大殿様、勿体なきことにございます」

「千代、久々に会って何だかよそよそしくなった？　与祢は我が嫁の一人、山内家はその親、だったら身内」

「この山内家を身内などと言っていただきありがたき幸せにございます」

「カタッ苦しいな～一豊」

「大殿様お願いがございます」

「これ、千代、門先でやめぬか！　誰か大殿様に足すすぎのお湯を急ぎ用意せよ、熱い湯ぞ！　大殿様は寒がり、冷えた足を熱湯でお洗いするのだ、熱い湯だ！　兎に角熱い湯を用意せよ急げ！」

「おいおい、熱湯はやめてくれ」

「はははははっ、そうでございますな」

千代が何かを言い出すのを止めた一豊の案内で玄関に行くと、家臣が盥に入った触れなくなる直前の熱い湯を持ってきてくれたのでそれで足を洗い、大広間に案内された。

石炭ストーブだけでなく、四方に火鉢が置かれた上座、熱い。

山内一豊、生真面目すぎてやり過ぎ。

着座するとすぐに膳が運ばれてきた。

お江を見るとコクリと頷く、料理方にお江直属の忍びが入っているのかと思えば、

「お兄ちゃん、冷めないうちにですです」

桃子も膳を運んで来た。

「私の教え子が作った料理ですです。味はお兄ちゃんお好みのはずですです。昼間採ったふきのとうも天ぷらにいたしたのですです」

桃子の元生徒達が大勢いるとの事だった。

ちんちんになっている熱燗が用意され、千代に酌をされたので一口酒を飲む。

上顎の皮がなくなるかと思うほど熱い、生真面目男山内一豊としてはなんとしてでも俺を温めてもてなしたいのだろうが、少しやり過ぎ。

「千代、先ほど言いかけたことはなにか？　与祢の親の願い、私利私欲でなければ出来るだけ聞きたいが？」

「私から申し上げます。大変恐縮なお願い事にございますが、大殿と与祢の間に生まれた姫を光豊丸の嫁にいただけないでしょうか？」

「あ～なるほど、山内家の跡取りにしたいと？」

「はっ、仰せの通りで」

「ん～俺は俺の勝手な価値観で好きでもない相手との政略結婚は嫌なんだよね。与祢は昔っから懐いてくれて可愛いとずっと思っていたし、与祢もそれを望んでいたから側室に迎えたわけだけど」

「黒坂家家臣一同皆重々知っております。ですが山内家、千代がいてこそ、大名格の領地を持つ家となりました。ですので、千代と私の血を持つ与袮の系譜で残したく、大変無礼な願いを申し上げてお許しください」

「ん〜まぁ〜確かに凄く真っ当な理由だね」

「真琴様、家を残していくと言うことは大変重きこと、私は一豊の願いを聞き届けてあげて欲しいと思うけど」

「お初、もう流石にわかってるから」

　俺はこの時代の人間ではないが流石にこっちに来てからの方が長く理解しているつもりだ。

「ん〜と、別に反対をしているわけではないから、穂日が物心が付き光豊丸と結ばれても良いと言うなら許そう。っと言うか、元々穂日には山内を名乗らせようと思っていたから。穂日と結ばれた者とで山内家を継がせようかとは考えていたんだよ」

「山内家の跡取りのことを考えてくださっていたとは、ありがたき幸せにございます」

「跡継ぎのことで気にかけているなら焦らなくて良いから、もし一豊に何かあったときは与袮に山内家を相続させるからいきなり断絶はないよ。約束するよ」

「真琴様は女でも実績ある者は男と同等として扱い家を興すことも許しているのよ。継ぐことも許しているわ。与袮は市中見回り組を取り纏め、茨城城下の治安維持、鹿島港に入ってくる商船監視、様々な実績は家老に値すると思っているのよ、そう言うことよね？」

「うん、お初が言う立場にあぐらを掻かず子育てしながら与えた役目を続けているからね。あの甘えん坊が十手術の使い手になって治安維持をしているんだから時の流れ、改めて面白いと思うよ」

「私の娘ですから、それに大殿様が作られた学校での学びは大変大きかったのでしょう。そこで学び、国を富ませる為に働きたいと常々言っておりましたから与祢は」

千代が胸を張って言うと慌てて一豊は千代の頭を抑え下げさせた。

「いつもの千代でよろしい。はははははっ、まっ、だから山内家の名跡は安泰だから心配しないで」

「一豊様、私の目に狂いはなかったでしょ？　常陸様に与祢を嫁がせたこと、良かったでしょ？」

「それはそうだ。今や黒坂家と言えば世界に名を轟かせているからな、その家老で有り娘が側室として嫁ぎ孫まで授かった。有り難いこと」

「兎に角、婿決めの件は穂日が育ってから、それで良いね？」

「はっ、仰せのままに」

そう返事をした一豊は一際大きな杯に注がれた酒を飲み干した。

「くあ〜あちちちちっ、殿、よくこのような熱い酒を飲まれましたな？」

「あんたが用意したんじゃろがーい！」

ツッコミを入れると、そこにいた者達全員が大笑いをした。

千代は急いで台所に走って行き、新しい酒を持ってきた。

「こちらは私の温もりと同じくらいでございます。どうぞずずい～とお飲みくださいませ」

逆になんか飲みにくい酒だった。

千代は下座でぐびぐびと酒を飲んでいる一豊の尻をつねったあと、酒瓶を取り上げそれ以上飲ませないようにした。

「酒の席だがどうだ？　水戸は？　なにか困ってはいないか？」

「はっ、賜りし水戸城、冬も雪少なく、住みやすき地、大変感謝しております。しかし失礼ながら申し上げます。那珂川が近くにあり田畑の水は困っておりませんが、那珂川より高台に作らせた町に清らかな水を山から引かねば今後発展は厳しいかと。人が増えれば飲み水が不足するかと思われます。水戸の水は飲み水には適しておりません」

酒を飲み干しても真面目に答える一豊。

茨城県民なら郷土の歴史授業で習う。

水戸駅の南部は元々湿地でそこを埋め立てて町として整備しているのだが、湿地であるのに井戸を掘ると飲み水に適さない水で飲料水に困る。

そこで10キロほど山に入ったところから水を引く大事業を徳川光圀が指示する。

『笠原水道』、昭和初期まで使われる水道だ。

「そうか、水道。良い発想だ。金はこちらから出させる。すぐに始めよ。穴掘りは伊達政道配下に手伝わせるよう伝える。水道管は石造りが良かろう。インカで石細工を学んだ者達がおる。その者達に指導させればちょっとやそっとでは壊れない物が出来るはずだ」

「何から何まで手配していただきありがとうございます。今以上に水戸を発展させて御覧に入れます」

「頼んだぞ」

「はっ、身命なげうつ覚悟で」

「だ～か～ら、体を大切にして働けと法度でだしているからね」

「あっ、そうでございましたな。体を大切にしながら一生懸命働かせていただきます」

　これからも山内一豊に水戸は任せられそうだ。

「那珂川の治水はどうだ？」

「はっ、治水工事を行い長い強固な堤防を築き上げました。水は水車で田畑に流れるよう工夫しております」

「康豊だったな、見事な働きをしたと聞いて樺太の付け家老を命じたが」

　山内康豊には樺太に支城を与え1万石の大名として樺太に行ってもらった。

樺太開発を進めるべく。

「千代(ちよ)が治水は一番信用出来る者にさせるべきだと言うので康豊にやらせましたが、良き働きをしてくれました。樺太という遠方の地ではございますが、大殿様の御子息が治める藩、そして大名格でのお引き立てに本人は大変喜んで向かいました。きっとよい働きをしてくれると信じております」

「私の見る目は間違っていなかったでしょ？　ずずずい〜とお見通しなのですから」

一言で納得してしまった。

この山内(やまうち)家は千代で成り立っていると言って良いだろう。

女がしっかりしている家は安定する。

うちも茶々達(ちゃちゃたち)がしっかりしているから安定している。

「千代、これからも一豊(かずとよ)をしっかりと支えよ」

「はっ、千代に何事もずずずい〜とお任せを」

酒が進むと膳が次々に運ばれてくる。

やはり、全て火の通った魚だった。

まあ、これはこれで美味(うま)いから良いが、食中毒対策に火を通すことは大切、それはわかるのだが刺身が食べたい。

確かアニサキス対策で生魚を禁止させるんだよな、山内一豊は……。

そこで領民は、鰹(かつお)を藁(わら)の火で表面だけ炙(あぶ)って「火は通してます」ってトンチをして鰹のたたきと言う名物が出来たと言う説があるらしいが。

アニサキスかぁ～、確か征露丸が効くってニュースを見たことあるけれど、征露丸なら作れそうじゃないかな？

確か木を煮詰めた液から作る薬だから青カビからペニシリンを作るよりは出来たはず。

ペニシリンの作り方も、あのドラマと漫画をしっかり読んでおけば覚えて役に立てたのだろうけれど、流石に覚えてはいない。

ん～その辺りは小滝達に任せて見ても良いかな。

などと考えながら、膳を味わった。

数日もてなさせてくれと言う千代を振り切って領内巡回を続けた。

穏やかな春の日差しの中、水戸街道を馬で南下する。

水戸街道は馬車を使うことを想定して作らせているので道幅は広く、街路樹には実を付ける物を優先して植えさせたので、梅と桃が華やかに花開いていた。

「風に乗る花の匂い、良いよね～」

「あら、珍しく風情あること言うわね、熱でもあるの？」

「お初様、お兄ちゃんは匂い好きの癖を持っていますです」

「あっ！」

「純粋に春の香りを楽しんでいるのに二人とも酷いなぁ」

街道をお初と桃子、10人の手勢で身分を隠し馬に揺られる。

田畑では田おこしが始まっていた。

「真琴様、農民が何も心配せずに田畑で働ける領地になりましたね」

「あぁ、目標の一つは達成したな」

「まだ目標の一つですか？」

「これが続く領地にしたい」

「なりますとも」

「なるように俺達が励まねばな」

そんな会話をしていると、道脇に茶屋が見えてきた。

「ここで昼にするか」

「大殿様、いけません。このような所で飲食など、もう少し行けば牛久宿、しかるべき飯屋がございます」

「いや、庶民の店を見聞するのも大事、このような茶屋で何を出されているか見なくてはな」

「大殿様〜」

俺は家臣の言うことを聞かずに馬を下りる。

お初も気にしてはいない様子だった。

「いらっしゃいまし〜」

30代後半くらいのお姉さんが出てきた。

お茶を出そうとしていた手が震えだすのが見えた。

「え？　どうした？」

お茶はお盆にこぼれるくらいに震えるお姉さん。

護衛達が不審がり刀に手を置いたとき、お姉さんは土下座をした。

「お殿様、お初の方様、桃子先生なぜこのようなところに？」

「え？」

「え？」

「あっ」

俺はお初と桃子と驚く。

身分がわかるような物は見せてはいない。

印籠など腰にぶら下げてはいない。

ごくごく普通の武士の格好。

「わかるの？」

「わかりますとも、常陸国立茨城城女子学校卒業生でございます」

なるほど、常陸国立茨城城女子学校の者は城に出入りする。

また、お初と桃子は授業をしている。

「あ～あなたは、確か前田慶次家臣に嫁いだ菊野ですね」

お初は顔を覚えていたようだ。

「覚えていてくださりうれしゅうございます」

「それなりの石高の家に嫁いだはずですが、なぜにこのような茶店を」

常陸国立茨城城女子学校では学業その他もろもろを学びそれなりの年齢になったら、良家と見合いをさせて嫁がせる結婚斡旋をしている。

学校卒業と言うだけで、女の出身身分が低くても縁談の話は引く手あまたになる。

「夫と上手くいってないのか？」

「いえ、我が夫は良き人でございます。この辺りの見回り組頭として日々励んでおります」

「なら、どうして茶店を？」

お初は菊野と呼ぶ女性の手を取り立たせながら聞いた。

「単純に働くのが好きになったからでございます。学校直営の食堂で働きお客様が笑顔で帰って行く経験はなによりの経験にございました。ですので、夫の許しを得て昼時だけ店を開いております」

女性が好きに商売を出来る世の中も、俺の目標の一つだった。

それがこのような形で実現していた。

「そうか、好きで働ける。それは何よりだ。で、何が食べられる？」

「はい、食堂で学びましたラーメンを出させていただいてます」

「お～ラーメンか、食べたい。人数分頼む」

「はっ、はい、すぐに」

「大殿様～」

護衛は困り顔をしていた。

「自分で開いた学校の生徒を信じられずどうする」

「しかし、大殿様」

護衛は続けるが、お初が、

「彼女は大丈夫ですよ。彩華の子守を任せていた時期もあったくらいの信頼出来る人です」

彩華は俺とお初との間に出来た娘で、三法師に嫁いだ。

「そうか、彩華を任せていたのか？」

「彩華だけではありませんよ。他の子だって……」

そんな話をしていると、丼が湯気をゆらゆらと出しながら運ばれてきた。

「お待たせいたしました」

出てきたラーメンはシンプルで汁が透き通った黄色で、鶏肉の煮た物と茹でた菜っ葉が載っていた。

「美味そうだ、いただこう」

「大殿様、お待ちを～」

毒味を先にしようとしていた護衛より先に箸をつける。

「うっ」

「大殿様？」

「うっ、美味い」

引っ張られていた緊張の糸がプツンと切れたかのように、前に転ける護衛。

ドリフじゃないんだから。

ラーメンは鶏と魚介類の出汁が利いたさっぱりとした塩味のラーメンだった。

お初も桃子も喜んで食べる。

「自分の味を作り出したな。菊野とやら、美味いぞ」

「有り難き御言葉」

涙を流してくれた。

「戦で両親を殺され行く宛てがなくなり、人買いに売られそうになったところを学校に入れていただき、いろいろ学ばせていただき、良き夫まで。そして、今日はお殿様の有り難き御言葉、なんと言って良いやら」

本来の目的が機能している事例に出くわして逆に俺のほうが嬉しかった。

「また、食べたいと思える味だ。是非とも続けてくれ」

「ありがとうございます。ありがとうございます」

お初も満足げに見ていた。

私が育てた生徒よ！　と、言いたいのが伝わってくる。

「そうだ、看板を書いてやろう。板はあるか？」

「え、板？　申し訳ありません。こんな物しか有りませんが」

出された板は、予備のまな板のようで殺菌の為、日に当て乾かしていた物だった。

急遽だから、仕方がないだろう。

そこに俺は筆で「右大臣黒坂常陸守公認ラーメン店・菊野」と書き、俺じゃないとまず描かないだろう萌な美少女を両隅に描く。

戸塚と小町……一人は美少女ではないな。

俺の料理上手は有名、さらに学校直営食堂も有名だからこの看板を読める者は足を止めるはず。

「もったいない。こんな素晴らしい看板、ありがとうございます」

金はいらないと言うが、しっかり払い店を後にした。

「あの店、きっと大繁盛いたしますよ」

「なるだろうな、いや～世辞を抜きにしても美味かったからな」

「はい、美味しゅうございました」

にこやかなお初に対して佐助は、

「大殿様、今回はたまたま良かったわけですが、せめて毒味なしはおやめ下さい。茶々様に知られたらきつく叱られます」

「ははは、茶々なら笑い飛ばすさ」

良い思い出となった。

◇◆◇◆◇

次の日、茨城城まであと少しになったので桃子達を先に馬車で帰し、お初と3名の護衛で最後の1日はじっくりと庶民の暮らしぶりの検分をしようとすると大雨に遭ってしまう。

春の嵐だ。

「城が近い、馬を飛ばせば」

「濡れて風邪などひかれたら大変ですので、宿屋に泊まりますよ、雷まで鳴っているではありませんか」

　俺の体調を気にかけているお初の一言で、急遽予定していなかった宿屋に入ることになった。

　突如の大雨で宿泊客が多かったがなんとか8畳1部屋が空いており入れた。

「大殿様方と同じ部屋など恐れ多いこと、廊下で寝ます」

「なにを言っているのです？　家臣は家族、ですよね？　真琴様」

「そうだよ、気にすることはない。どうしても気になるなら風邪をひいて警護が出来なくなると思えば同じ部屋に眠れるでしょ？」

「はっ、有り難き御言葉」

「兎に角、風呂入って飯だ」

　1階が酒場を兼ねた宿屋で、飯はそこで食べると言う。

　障子1枚隔てた向こう側から、行商人と商人らしき会話が聞こえてきた。

「牛久で河童が出たってよ」

「河童？　いぎなしいぎあうのけ？　そんなわけあんめ」

「こえぇぇの～相撲さ取って負けたら尻小玉抜かれちまうって話だっぺ？　聞いたことあっけ？」

「んだから」

「しゃんめ、負けたんだからなんかやんねぇと」

「所で、しりこだまってなんだい？」

「さぁ～わかんねぇ～べよ、そんな事」

「んだか？」

「きゅうりさいっぱい持って行けば通してくれるって噂（うわさ）だっぺよ」

「おめぇ～ごじゃぺいてっとかっくらすかんな！」

「ごじゃはほっぽいといて、牛久の渡し船さ乗れば大丈夫って噂は聞くな～」

「んだか～」

　茨城弁満載の会話が聞こえてくる。

「真琴様、河童って本当にいるのですか？」

「ん～会えるなら相撲を取ってみたいなぁ、相撲好きの信長（のぶなが）様に献上したら信長様のペットのカンガルーと相撲させるのかな？　想像すると面白い」

「それっていないってことですよね？」

「はははははっ、まあ想像の妖怪の類い？　ただ、尻小玉抜かれる話は少々気になるかな。」

急ぐ旅でもないし、領内だから念の為見ておくか」

「陰陽師として見過ごせないってわけね？」

陰陽師というかなんかちょっと気になる。

牛久周辺の開拓状況も見ておきたく、次の日早朝宿を出た。

馬を走らせ向かうと、昼過ぎに牛久沼の渡し船発着場に到着した。

「街道が造れているのに船？　おかしいわね？」

お初が違和感に気が付いたようだ。

うちの領内の街道整備は続いており、北は伊達領仙台、南は織田信澄が治める江戸まで陸路で広い道1本で行ける。

そんな中、牛久沼の渡し船？　橋の整備が進んでいない？　実際来てみると陸路は完成していた。

近くの田んぼで働いていたお婆さんに聞くと、陸路は遠回りになるため、時間短縮で徒歩の旅人が渡し船に乗っているということだった。

「真琴様、単純に地形の問題だったみたいね」

「そうだね、気にしすぎかな？　河童、渡し船の利権がらみで悪さをしている者がいるのかと思い来てみたのだが」

「あぁ、なるほど、そう言うことね、金を巻き上げる事を尻小玉って言い換えていたのかもと思ったのね」

「お侍様達、河童に興味あんのけ？」

「ん？　捕まえて相撲好きな織田の大殿様に献上したら取り立ててもらえるかと思って」

「ぬははははははっぬははははははっ、おもしれぇお侍様だっぺ。んだが、もう河童は悪さしねぇ～よ。昔々、村自慢の男が捕まえて木に縛り付けてこらしめてやったんだから、ほれそこの松だ。んだからもう出てこねぇからでぇじょぶだ」

　指さされた松を見れば極々普通の松だった。

　松をよく見ようと馬を下りると、

「おいおい婆さん、河童は出るぞ、お侍さん、河童はおっそろしい妖怪、倒そうなんておもってっとやられちまうかんな」

　いささか風体の悪い5人の男に話しかけられた。

　所謂、荒くれ者の類いの男達か？

「ほう、その話、詳しく聞きたい。河童はいつ頃出る？」

「ただじゃ～聞かせられねぇな」

「わかった、これで鰻でも食って一杯やってくれ」

　懐から財布を取り出すと、それをかすめ取られた。

「ぐはははははっ、河童は俺たちよ！　命、欲しかったら尻小玉抜かれたと思って金を置いていきな」

「おっと、そこの女侍さん、べっぴんやな〜俺たちと相撲すっぺ、裸の相撲、ぐへへへへへ」

お初(はつ)は黙って見ていたが、男が捕まえようと肩に手が触れた瞬間、遂(つい)に堪忍袋の緒が切れた。

スッと抜刀すると、一人の首が落ちる。

「うわぁぁぁぁなんだ貴様、いきなり斬りかかって正気か！」

「ええ、勿論(もちろん)正気でしてよ！　黒坂家法度により取り締まらせていただきます」

「貴様ら、役人だったか、ええっいこうなったら殺して牛久沼に沈めてやる！」

立ち向かってきた男集団の首を次々に落とすお初。

「ひぇ〜河童じゃなく鬼が出た！　鬼だ！」

残っていた一人が、尻餅を付き小便を漏らしながら抜けた腰をズリズリと引きずりながら後ずさりをする。

「鬼などと失礼ね！　冥途の土産に名をきかせてあげるわ。黒坂初よ」

「ひぇ〜鬼より恐(こわ)いと名高い女か！」

「どいつもこいつもっとに」

最後に一振りするとその男の首もコロリと落ちた。

「お初、やりすぎだって」

「どうせ捕まえても徒党を組んで強盗は法度で火炙りなのですから良いではありませんか」

「まぁそうだけど……おい、遺体をかたづけよ」

潜んでいた護衛に声をかけると、遺体はすぐに運ばれ、吹き出た血も土と混ぜて痕跡は消された。

お婆さんは松の木の後ろで、

「南無阿弥陀仏南無阿弥陀仏南無阿弥陀仏」

ずっと震えながら唱えている。

「お婆さん、心配しないで、俺は黒坂常陸ここの領主です。これは驚かせてしまった詫びです」

先ほど取られた財布を渡そうとすると震えた手で拒否されたがしっかりと握らせた。

「そんな、こんな大金もらえねぇ～よ、おらは」

「まぁまぁ、口止め料です。今のは見なかった聞かなかった、良いですね」

「へい」

「南無不動明王南無不動明王南無不動明王、お不動様がごろつきを倒した、おらはそれしかみてねぇよ」

「別に私が斬り殺したと吹聴されても痛くも痒くもありませんが？」

「まぁ～そう言わずに、しかし、こちらは重臣の配置が手薄だったからいささか治安が悪いのかな」

「しっかり取り締まらせるよう、牛久城跡あたりに奉行所を造らないと」

「だね」

「このあたりの差配していたのぼうを叱りつけなきゃ」

「印旛付近の開墾奉行だから流石にこっちまでは目が届かなかったんでしょ？」

「それでもです」

のぼうこと成田長親は茨城城に戻ったあとお初に呼び出され叱責される事になる。

日が暮れそうなので、陸路ではなく牛久の渡し船で帰ろうと渡し船を待っていると腹が無性に減った。

発着場には茶店があり鰻の蒲焼きが焼かれ良い匂いが漂っていた。

「亭主、蒲焼きと飯をもらおうか、お初は？」

「私は良いわ」

「そっか、なら一人分急いで頼む」

「へい、すぐに」

鰻を焼き、皿に盛り付けていると、

「船が出るぞーーーーー」

船頭の声が聞こえた。

「へい、お待ち」

お盆に載せられたどんぶり飯と鰻の蒲焼きが出されたとき、出港の合図の木板がカンカンと叩(たた)かれる。

「真琴様、急いで！」

「かっ、こうなったら、亭主、どんぶりと勘定は船頭に渡しとく」

鰻の蒲焼きをどんぶり飯に載せ蓋を閉め岸から少しずつ離れていた渡し船に急いで乗る。

「食い逃げ！」

亭主が慌てている、俺も慌てていたため、つい、

「我が名は黒坂常陸守(くろさかひたちのかみ)真琴である。決して食い逃げではない」

名乗りを上げてしまう。

「あっ！」

「馬鹿っとに、はい私の財布」

お初に渡された財布から小判を取り、勢いよく投げると、店の看板に突き刺さった。

「真琴様、馬鹿なの？っとに、それにしても良い匂いね」

「一口食べる？　先に良いよ」

「ありがとう。あら、美味しいわね、米の湯気に蒸されたのと、たれが米に滲みて美味しいわ」

「どれどれ、おっ、脂のってる鰻で美味い」

渡し船で食べ終え、船頭に丼を預けた。

「御領主様を乗せられたなんてありがてぇこって、出発前に言ってくだされば何時間でも待っていましたのに」

「いや、俺たちの為に待たせては悪いから、向こう岸の店主にうな丼美味かったって伝えておいて」

「へい、しかと」

◇◆◇◆◇

船を降りて待っていた馬車に乗り換え、茨城城に向かった。

「おい、御領主からうな丼が美味かったてよ」

「うな丼？」

「そうともよ、米に鰻のたれが滲みて美味いって」

「今まで別々に出していたが、米の上に載せて出してみるか、御領主様命名『うな丼』として」

「売れっと良いな」


　こうして平成では江戸時代の大久保今助（おおくぼいますけ）という人物のエピソードとして伝わる『うな丼発祥の地』と言われていた牛久の渡しだったが、この時間線では黒坂真琴が発祥として時間線に刻まれた。

　茨城城に戻り数日執務をしていると、鹿島の造船所でスクリュー式船の航行試験をすると知らせが届いたので鹿島港に向かった。

　任せてある職人の長、国友茂光（くにともしげみつ）が出迎えた。


「殿様、形にはしましたが走れるかどうか、浮かぶかも」

不安げに言う船は、平成で言えばダンプカーほどの大きさの船で、蒸気機関は積んでいるが外輪と呼ばれる推進装置はなく、船底には3枚羽根のスクリューが見えていた。

「おっ、形にはなっているんだな」

「はい、しっかりと回りやす。おい、回せ」

指示を出すと中に乗っていた職人がスクリューを回す操作をした。

ゆっくりゆっくりゆっくりゆっくりゆっくりと回っている。

扇風機の弱よりゆっくりだ。

「基本的な作りは求めているものだ。この推進装置の船が欲しかった」

「では、注水の合図を」

俺は手を挙げ、頭上で大きく回す。

「注水開始」

すると、造船ドッグに繋がる水門が開き水が入りだす。

……。

入りだした水に少しだけ浮いたと思ったら、なんだか様子がおかしい。

「あらあらあらあら」

お初が浮かばない船を指さす。

「頭、船底に水が、水が入ってきて駄目ですぜ」

船は水面ギリギリしか顔を出していない。

もう少し水を入れたら完全沈没だ。

潜水艦を作ったわけではない。

「注水止め、注水を急ぎ止めよ」

俺は指示を出すと、水門はすぐに閉じられた。

完全沈没前に。

「殿様、申し訳ない、失敗だ」

「ははは、何が申し訳ない？　俺が作って欲しい物は形にしたではないか？　おそらく、スクリュー軸の密閉性の問題なんだろう。それを改良していけば良いだけの話、最初から上手くいくなんて思ってないさ」

言葉を出すが、うなだれる職人達が無数に見える。

「よいか、失敗は成功の元、この失敗で誰かが責任を取る、ましてや、切腹自害などは一切許さないからな。この失敗を次に生かしてくれ」

この時代、失敗の責任の取り方と言えばすぐ自害をしようとする。失敗を経験した者がいることこそ成功の鍵を開くのに近い人物なのに。

「いつもながらに寛大なお言葉で、殿様の下で働けてうれしく感じます。みな、次は成功させるぞ」

国友茂光は鼓舞した。

そして、その言葉に職人達は、「おー！」と返事をした。

スクリュー式の船、約３００年後の船を開発しようとしているのだから、そう上手く行くとは思ってはいない。

気長に待とう。

鹿島港造船所ではスクリュー式だけでなく、双胴船という形の船を建造中だ。

語彙力崩壊気味で言うと超大きな船。

全長：約１５０ｍ・最大幅：約60ｍ。

マスト６本・船底三層構造・最大９００人乗り。

蒸気機関外輪式推進装置付機帆船型鉄甲船戦艦・武甕槌(たけみかづち)の約2倍。

推進装置となる外輪は両外側と真ん中に取り付けた形、水車を３つ搭載で建造中。

「殿様、こちらは順調ですぜ、二つの船を合わせている柱は左甚五郎(ひだりじんごろう)殿配下が木の特性を最大限に引き立てた木組み柱を使っているので、ちょっとやそっとの波で船が離ればなれになるような事はございません。二つの胴を持つ1隻の船」

国友茂光が説明してくれる。

「そうか、この船が完成したら、この船を模して貨客船を造りたい」

「かきゃくせん？」

懐に入れてある懐紙に鉛筆で『貨客船』と書き渡す。

「読んで字のごとくだ。客と荷物を同時に運ぶ船の事だ。荷室、そして客室を多く造る。今造っているこの船は戦艦になるよう、大砲の装備と兵士を乗せる事を想定しているからな」

「甲板が大きい分、今回は以前の大砲より大口径を積むよう、現在造っている最中ですからね」

飛行機の登場までは巨砲巨艦の時代は続くだろう。

戦艦は大きくなり、大きな大砲を積む時代がしばらくは続くはずだ。

皮肉な事だが、世界最大級として知られる、戦艦大和（やまと）と戦艦武蔵（むさし）を造る大日本帝国だが、船艦が飛行機からの攻撃に弱いのを自らアメリカに知らしめたのはあの真珠湾攻撃、それにより巨砲巨艦の戦艦が廃れていく一つの引き金になる。

ハワイ停泊中の艦隊が航空機から落とされた魚雷などの攻撃で大損害を受ける。

艦隊が飛行機攻撃に弱いと気が付かせた攻撃。

そこからアメリカは巨砲巨艦から空母と飛行機大量投入という生産性・物量に物を言わせ日本を攻め、負ける大日本帝国。

だが、しばらくはそれは念頭におかなくて良いはずだ。

飛行機の登場はしばらくはないはずだ。

俺も造りたいが、蒸気機関では無理がある。

液体燃料とそれのエンジンの開発。

俺が死ぬまでに出来れば良いかな。

工業高校に行っていれば可能性は高まったかもしれないが残念ながら普通科高校出身が残念な所だ。

そう言えば熱気球の登場は早かったはず。

南アメリカのインカと友好的な関係の今、熱気球を使って、とある物を見たいと思っている。

まぁ、それは落ち着いてからになるだろうが。

「このまま、双胴船は建造を続けてくれ。スクリュー式推進装置は事故を起こさないように気を付けながら安全第一で進めて欲しい」

次の航海には間に合わないだろうが、完成が楽しみだ。

鹿島港に来たついでに鹿島神宮を参拝する。

鹿島神宮は鹿島城と隣接しており、元々監視する役人が常駐しているため護衛は佐助だけだ。

佐助もそんな俺から少し離れて知らない人のように護衛していた。

お初とお忍びで参拝し繁栄している神宮前通りの茶店に立ち寄り一服をしていると、

「やいやいやい、てめーは誰の許しを得てここで商売しているんだ」

ごろつき風の3人が通りの反対側のお面や竹とんぼなど子供の玩具を売る出店のオヤジにいちゃもんをつけていた。

お初が立ち上がると、すぐにそのごろつき風の3人組に詰め寄り、

「ここは常陸守支配下、小さな移動店舗での販売は奨励されているはずですが」

俺も織田信長の楽市楽座に近い政策をとっている。

特に行商人などの店を持たない者には、税を課していない。

店舗を持つ者は人通り、店の大きさなどから固定資産税を課した上で、販売に応じた税を取る仕組みを組み上げている最中なのだ。

「なんだい、ねえちゃん、俺達と遊ぼうって言うのかい」

一人の男がお初の手を掴むと、

「無礼者」

手をくるりと捻った。

その男は捻られた腕を庇うよう、後ろ手になり体全体の体勢が崩れ、地面に両膝を突いた。

俺がなぜに傍観しているかは、単純な理由だ。

お初は強い。

俺との鍛錬に加え、柳生新陰流(やぎゅうしんかげりゅう)無刀取りもマスターしているくらいに。

お初は最強女剣士と言って良いレベルだ。

「いてててて、ふざけたまねしやがって、おいてめーら、やっちまえ」

膝を突いた男のかけ声で刀を抜いた。

俺は帯刀を制限する法度は出していない。

出すつもりもない。

日本刀は日本人の魂だ。

廃刀令が大嫌い。

平成でもサラリーマンがスーツに帯刀、学生がセーラー服に帯刀しているのが当たり前になる時代を望んでいるくらいだからだ。

そんな刀を抜いた3人はあっという間に地べたに這(は)いつくばっていた。

そう、あっという間。

お初が刀を抜くと、3人は足の腱(けん)を斬られていた。

騒ぎがでかくなり出すと、ごろつきの仲間が10人ほど集まり囲んできた。

流石(さすが)に俺も立ち上がる。

「貴様等(ら)、いい加減にしろ。ここは俺が崇(あが)めている神社、貴様等のような者が利権をむさぼるような所ではない」

一人、中年の貫禄ある男が、

「いいか、ここは俺達、赤龍組の縄張りだ。ここでは俺達が仕切るんだ」

「はははは、お前は馬鹿か？」

「ああ？　なんなんだてめーらわよ、どうせ大して知られてない侍なんだろ？」

「俺の名を聞くか？　俺が名乗らねばただの喧嘩、名乗れば大罪人になるがいいな？」

「けっ、どうせふざけた名前なんだろう」

「ああ、ふざけた名前だな。平朝臣右大臣黒坂常陸守真琴などという名さ」

「……」

「……」

「……」

集まり出していた遠巻きの野次馬も静まり出す。

「ば、ば、馬鹿なこと言うんでねぇ～こんな所に来るもんか」

顔色が興奮して赤くなり出したごろつきの親分。

「てめーら、こいつをやっちまえ」

騒ぎを聞きつけ集まってきた子分達が刀を抜いた。

「俺は名乗ったからな。名乗った以上、俺に対して刀を向けたならそれは反逆者」

そう、名乗りを上げた俺、身分を明かした俺に向かって刀を向けるという事は大逆罪。

「うっうるせー、右大臣様の名をかたる者を俺達が成敗してやる」

「そうか、残念だな。なら、斬る」

俺が刀に手をかけたとき、すぐに様子をうかがっていた役人が、

「引っ捕らえよ。右府様にあだなす大罪の現行犯」

良い間を見て現れた。

「与袮、見回りの最中だったか？」

現れた役人は、与袮だった。

「はい、常陸様、もう何騒ぎ起こしてるんですか～まっ、赤龍組の目に余る行為は届けがされていたから来週、捕縛が決まっていたからそれが早まっただけですが、佐竹家残党赤龍組久下沼健五郎、常陸藩市中見回り組取り纏め役黒坂与袮である、神妙に縛に就け」

「あの殿様の御側室市中見回り組取り纏め役様が常陸様と呼ぶ、まっ、まさか、本物……」

赤い顔が真っ青に変わる親分。

「おい、あの顔見たことあるぞ、領内巡察で声かけて貰ったことあるぞ」

「俺、左様の下で働く大工だから見たことあるぞ、間違いなく本物の大殿様だ」

野次馬からの声が聞こえ出す。

「御大将、ここは私達にお任せを」

佐助が雑踏から出るよう促してきた。

「ああ、頼んだ。与祢、一人残らず捕まえよ。このような利権を勝手にむしばもうとする者は大嫌いだ。俺への反逆者として獄門台送りを命じる」

俺は見せしめを決意する。

時には冷酷にならないとならないとき、それが今だ。

「かしこまりました」

「ちょっ、ちょっと助けてくだせぇ～」

叫びながら役人に連れて行かれる、ごろつき達。

3日後、斬首され獄門台に首は乗った。

この事件以降、俺がお忍びで町を見回っていると言う噂が広がり、不届きなことをする者は一気に減少したそうだ。

時に見せしめは必要だ。

「名前を聞かなければ、喧嘩で事が済んでいたのにお可哀想なこと」

お初はにんまりと微笑んでいた。

◇　◆　◇　◆　◇

　茨城城に戻り、小糸と小滝姉妹を呼び出す。

　この二人は漢方、医療の研究に心血を注いでいる。

　俺に精力剤を作る事がきっかけなのだが、今は健康管理もしてくれている。

　医術を学校で教え、自らも民を分け隔てなく診る病院で働きながら今も医学の研鑽に励んでいる。

「忙しいところ悪いのだが、とある薬を作って欲しい」

「えっと、一晩に何回も出来るようにするような薬をか？　でれすけのでれすけがでいだらぼっちになる薬」

　小糸は俺の下半身を睨み付けて言う。

「俺のでいだらぼっちはでれすけじゃないっちゅうのっとに真面目な話をしようとしていたのに」

　バイ●グラはまだ必要ないから、額から変な汗が噴き出てしまったよ。

「そうではなくて、お腹の薬」

「お腹？　でした？」

　小滝が首をかしげた。

「征露丸と言う薬を作って欲しい」

「名前を聞かされてもわからないのでした」

そりゃそうだ、征露丸の名前は確か明治時代とかに付けられた名前のはずだ。しばらく、製薬会社一社が登録している商標であったが、裁判で普通名称として認められたので、この場で『征露丸』と、大きく叫んでも問題がない。

そんな征露丸の原料は木だ。

ブナなどの木を木炭にするときに出てくる液体、所謂『木酢液』を蒸溜させ出てきた油分、木クレオソートと言う成分が主成分で作られている。

それを小糸と小滝に教える。

「そのような物が薬なのですか？」

「ああ、腹を下したときに良いし、魚に寄生する虫を弱体化させる効能もあるらしい。それに虫歯に詰めれば虫歯にも効くらしい」

「らしいらしいって本当に効くのけ？」

「あぁ、俺も腹壊したときは服用していたからな」

「『していたから』……姉様、右大臣様の未来の話でした」

「あっ、そういうことけ？」

「そうだ」

効能で虫歯って書かれているのが昔気になり調べたのだが、虫歯に詰めて使うらしい。

あんな臭いのを虫歯に詰めるくらいなら歯医者に行くのを選ぶぞっと、子供心に思ったのを覚えている。

征露丸の殺菌作用で症状緩和させるらしいが。

それに俺は糖衣の愛用者だったので、歯には詰められない。

「原料がわかるなら薬は作れっかんね」

小糸と小滝は腕まくりをして作る気、満々だ。

「ただし、この薬は臭い。作るときも臭い。大変良く効くのだが臭い」

「そんなに臭いのけ？」

「んだから」

「姉様、それはあれでした……あれ」

「あ～あれのね、深掘りは良くなかったっぺか間違いだったっぺよ」

俺の発言の細かな内容を聞いてはいけないという暗黙の了解が存在している。

小糸が口に手を当てて、しまった！という顔をしている。

「二人はもう知っているから別に咎めたりするわけではないから良いんだよ。まあ、とりあえず、征露丸は臭い。よって作る場所は筑波山麓にある牧場近くに新設する。その責任者は小糸と小滝に任せる。ただし、俺が旅に出るときは片方には付いてきて貰いたいから情報を共有し合って上手く薬開発をしてくれ、良いな」

「当たり前だっぺよ」

「もちろんにございますでした」

筑波山麓には小さな城と呼んで良いような牧場を持っている。

奇しくもあの高山右近が作った牧場なのだが、そこを拡張して製薬工場を作る手配を始める。

漢方薬の原料栽培にも筑波山の下に広がる大地は畑としてちょうど良い。

この地を漢方研究としている二人に任せる事とした。

征露丸らしき物はこの二人にとってはたやすい物だった。

あの独特の臭いがする臭い黒く丸い粒はすぐに作られた。

「でれすけ、飲め」

「小糸、相変わらず口悪いな」

「毒味したから求めている物か確認すんのに急いでんだかんね！　次の航海に間に合うように、ほら口に入れてしっかり噛んで味わえ」

「馬鹿、こんな臭いの齧ったら朝ご飯みんな出て来ちまうわ」

「もう、姉様、何してるでした？」

小滝に止められるまで、小糸は自分の手のひらにある黒い玉を俺の口に押し込もうとし

ていた。

「臭いからわかるって！　征露丸だよ！　征露丸に間違いないって！　うっ臭え、なんか他の漢方も混ぜたよね？」

子供の頃に嗅いだ征露丸よりさらに臭い。

薬草の臭いが数種類混ざっている。

「腹に良い漢方と虫退治に良いと言うの全部混ぜたっぺよ。生魚から取り出した虫を皿の上で溶いた海水にこれを入れたら全部死んだかんね」

「なるほど実験を重ねてより強いのを作った訳か、俺は腹の具合は悪くないから自ら毒味を済ませてあるなら二人を信じるから押しつけるのやめて、兎に角臭いから印籠にしまってよ」

「でれすけが良いって言うなら大量生産はじめっかんね」

「あぁ、頼んだよ」

小糸は大急ぎで、筑波に戻っていった。

試作品、先ずは領内の誰に使わせる？　やはり山内一豊に送るか。

出来た征露丸を『これを生魚の虫対策に使え』と、手紙を書き送った。

アニサキスを完治させるかは謎だが、効果は認められたとして薬の効能に書いて良いと平成時代、ニュースで見た記憶があるので対策の一つにはなるだろう。

山内一豊による強制刺身禁止ルートを止める効果があった。

数日して俺用に見事な家紋の蒔絵が施された印籠に征露丸を詰めた物が用意されたが、これを腰に付けておくことは拒みたい。

と言うか、「この印籠が目に入らぬか」って出したら、目がしばしばする気がする。

印籠を掲げる家臣は鼻をつまんで涙を流しながら決めぜりふを言う……かっこ悪い。

征露丸は瓶詰で臭いが漏れ出ないようにしておこう。

未来に変な伝承が残り、臭い印籠を持つ右大臣のドラマなどは見たくないからな。

この筑波山麓に作った研究所兼製薬工場はこの後、俺の一言でとある新薬を開発させ後世に残る世界最大製薬企業になることを俺はまだ知らない。

1605年　初夏

俺は再び海外に出る準備に取りかかった。

やり残していることとやりたいこと、見たい物など多くあるし織田信長が気がかりだからだ。

「茶々、また留守を頼むことになるがすまない」

「ええ、わかっていますとも、もう少し龍之介が大人になるまでは常陸の国のことは私にお任せ下さい」

茶々の言葉に甘えた。

海外に出港する前に一度、安土城に登城して織田信忠に挨拶する為に出向く。

海路で大阪に入って安土に馬で入るので常陸からなら3日で着く。

大阪城に到着すると、

「父上様、お久しぶりにございます。お健やかなご様子で」

俺の娘、彩華が孫で寝ている三法師を抱きかかえながら出迎えてくれた。

織田信長の孫の織田左近衛中将秀信に嫁いだ娘。

彩華が産んだ男子は織田家嫡男として秀信の幼名『三法師』が与えられた。

奇妙丸でなくて本当に良かった。

「彩華、父は元気だぞ。彩華こそどうだ？　産後で体調を崩していないか？　近江の水は合っているか？　三法師はよく寝ている様子だな、無理に起こさずとも良い」

孫の三法師はスヤスヤと寝ていた。

抱かせてもらったが、抱き心地が悪いのかもぞもぞと動き目を覚ましそうだったので彩華に返した。

「私は大丈夫なのですが、義父様が病でして」

彩華にとっての義父とは、織田信長の嫡男である信忠だ。

「信忠様が病？」

「食あたりのようで家康殿が調合した薬を飲んでいますが、なかなか良くならなくて秀信様はその見舞いに安土に御登城なされています」

暗い顔を見せながら言った。

本当に食あたりなら良いが……。

「すぐに会おう、良い薬を持って来ているし小滝も連れて来ている。診させよう」

俺たちは馬を走らせ安土に登城した。

すぐに信忠の寝ている寝所に行くと信忠は腹を押さえて苦しがり、枕元には秀信が心配そうにしていた。

薬師が脈を取り、隣の部屋では徳川家康が薬師と一緒に煎じ薬を作っている。

「小滝、すぐに診てくれ」

「はい、失礼しますでした。上様、なにか食べましたか？」

脂汗を流しながら痛みをこらえながら、

「噂名高き医学を修得した常陸殿の御側室か……生の鯖を少々」

「右大臣様、あれ効くと思うでした」

「もしかしたら効くかもしれない薬を持っています。臭いですが我慢して飲んでくださ
い」

分厚いガラス製印籠を差し出す。

征露丸の入った臭い対策印籠だ。

彩華の常備薬にと思い持ってきていた薬。

印籠から手に取り出すと部屋中臭くなる。

みんな、その黒い玉を凝視する。

「毒などではございません。お初、小滝」

俺はお初と小滝に1粒出す。

俺も飲んでみせるが説得力を増すためにお初と小滝にも飲んでもらう。

鼻を押さえながら飲んでみせるお初。

「これ臭いのよね、えいっ、臭い、うえっ、自分から出てくる息まで臭い」

扇で扇ぎながら言うお初。

「わかりました。飲みましょう。常陸殿を信じて」

3粒を飲ませる。

30分ほどすると、信忠の脂汗は止まっていた。

「不思議と痛みが軽くなってきました」

「凄い、こんな薬、儂は見たことがない」

徳川家康も驚いている様子。

再び脈を取り、お腹に手を押し当て診察する小滝、

「虫、とりわけ魚に寄生する虫が原因なら、この薬をしばらく飲みながら虫下しの漢方も合わせて飲み、虫を出すように致せば治るかと思うでした。決して悪い病気ではないので虫さえ出せば治まると思うでした。専門的な漢方の治療は三河様の方がお詳しいと思いますでお任せ致しますでした」

「虫下しならお任せ下さい」

俺たちは一度退室して後は任せる。

「義父様、ありがとうございます」

秀信があとを追って言ってきた。

「将軍家になにか起きれば折角まとまっている国が乱れます。屋敷にしばらく滞在するのでなにかあればすぐに言ってください」

俺は安土城内の屋敷にしばらく滞在することとした。

万が一のために動きやすいように。

俺は織田家重臣の動きを警戒している。

その為、安土城内の屋敷に入ったのだが、翌日には徳川家康が屋敷を訪ねてきた。

家来は数人、襲撃ではないのはわかる。

屋敷内の茶室に通し、お初に茶を出させる。

床下では佐助が控えている。

「突然、申し訳ありません」

「いえいえ、信忠様は？」

「常陸様の薬が効いてか、痛みが消え回復の兆しが見え始めています。今朝は粥を美味しそうに召し上がっておりました。この家康、漢方に精通していると自負していたのに常陸様は本当に色々知っていなさる」

古狸は頭を自らポンポンと叩いていた。

「ははは、知っていることだけよ」

答えてあげた。

お約束的な返事なのだが、家康には通じないだろう。

「常陸様、私めはやはりそろそろ隠居しようかと思っております。跡目を秀忠に譲って」

徳川家康62歳。

「まだ早うございませんか？」

「いえ、柴田殿のように家が分散されて相続されるようになる前に、きっちりと跡目を決めようかと」

「なるほど、秀忠殿に幕府の要職を継がせたい為ですか？」

「はっ、徳川家はこのまま織田の幕府の要職に継ぐ家として残していけるようにしたいと思っております。このような事、常陸様だからこそ言えること」

徳川家康は俺と同じで副将軍の座にいる。

国内政治の長の徳川家康、外交政策の長の黒坂真琴。

「そうですね、秀忠殿なら武士を頂点とする政治をしてくれるでしょう」

「やはり、常陸様のお力でなにか見えるのですね？」

そう言ったとき、茶釜の前で茶碗をすすいでいたお初が首を振り、それ以上の詮索はしてはいけないと合図をすると、家康は息をゴクンと飲んで静かにうなずいていた。

「詮索は禁物でしたな、失礼しました」

徳川秀忠、時代劇では無能な跡取りとして描かれており、その息子、家光が優秀に描かれていることが多いが、実は徳川家光を立てるが為、裏に徹する。

徳川幕府の基礎を築いたのは実は秀忠とも噂される人物なのだ。

「ここだけの話、常陸様は上様、公方様にもしもがあっても、このまま織田家に？」

「家康殿、そのもしもの話は好みませんが」

目に力を入れて返答すると、

「戯れ言です。お忘れください」

作り笑いでごまかしていた。

「両人にもしもがあった時、俺は全力で三法師を補佐し織田家を纏めますよ。お忘れなく」

「いやはやいやはや、本当に戯れ言、お忘れください。常陸様を敵に回せば、徳川など消えてしまいます」

「徳川の家名を残したければ、これまで同様、織田の幕府を盤石な物にするよう励んでください」

「はっ、忠告、心得ました」

徳川家康、俺を探りに来たのだろうが、俺にはその気など全くない。

でなければ、娘を秀信に嫁がせたりしないのだから。

「家康殿、関東の乱のおりに信長様に命を取られなかったことを感謝して生きることです。織田の幕府をしっかりと支えてください。そうそう一つ頼まれて下さい。朝廷の力を今以上に弱体化させて下さい」

「今以上に？　常陸殿は帝を無くすお考えか？」

「この国から帝を無くそうなどとは思ってはおりません。しかし、政治から切り離し、日本国家の安寧を心静かに願っていただける長となっていただく。国造りし神の末裔には本来あるべき座に座っていただくのが一番」

しばらく沈黙で目を閉じ考えた徳川家康は、

「なるほど、そう言うことならかしこまってそうろう。神の末裔が生臭い政で穢されるのは良くありませんね」

鐘櫓から12時を知らせる鐘の音が聞こえた。

「おやもう昼を知らせる鐘の音が聞こえますな、長居をしてしまいました。お昼を召し上がっているか信忠様の御様子を診なくては。本日は突然押しかけて申し訳ありませんでした」

徳川家康は帰っていった。

「相変わらず真琴様の秘密を知りたがっている様子ですね、それに真琴様が密かに考えている例の事の下準備をあの者に任せて良かったのですか？　秀信殿や前田利長殿などの方が信頼出来るのでは？」

お初が言う。

「未来ではあの男は将軍となり260年続く幕府、平和な世を作る。その能力を織田幕府で生かして欲しいのだ、それだけの力があるのが徳川家康、だからこそ任せてみたいのだが。さて、今後どう動くかな？　佐助、わかっているな」

床下の佐助に合図すると、

「はっ、信忠様と秀信様、彩華様の護衛はすでに当家選りすぐりの忍びをお近くに使わせており、もしもの時は常陸に逃がす手はず整えてあります」

「帝、朝廷と織田家を天秤にかけ始めるはず。動きに注意させよ」

「はっ」

うちには忍びの配下が多い。

その中の選りすぐりの忍びを密かに、娘・彩華の側近として安土に入れてある。

娘の護衛であり、婿の護衛であり、信忠の護衛、そして、情報収集。

「真琴様は本当に天下を狙わないのですか？　今なら三法師の補佐役として織田家を乗っ取れますが？」

「ははははは、お初、そんな物、欲しいなどと思ったことはない。俺は常陸を領地とし、好き勝手に出来ればそれでいいんだよ」

「やはりそうですか、わかってはいるのですが……」

お初は少しうつむき加減で返事をした。

「お初、俺に天下取りの野望はない」

「性欲は凜々なのに」

俺の股間を見つめ苦笑いを浮かべていた。

戦国大名浅井の娘、そして男勝りのお初はもしかしたら俺を日本国の長にしたいと言う野望があるのかもしれない。

しかし、俺にはその気はさらさらない。

そんな事となったら好き勝手に海に出られなくなってしまうのは目に見えている。

日本国内で縛られてはしたいことも出来ずに終わってしまう。

俺の野望の矛先は、もっと先を見ているのだから。

1週間後、

「常陸殿の臭い薬を飲み続けたおかげですっかり治りました」

そう言って茶を点(た)てている織田信忠の口からは征露丸の臭いがまだ漂ってくる。

征露丸を飲ませて1週間で織田信忠は無事に回復して、安土城の茶室に呼ばれた。

織田信忠が点てたお茶を飲む。

「ん～……」

「ははははは、相変わらず正直ですね。父上様のような茶はまだ点てられません。日によっての緩急と申せば良いのでしょうか？　その塩梅(あんばい)が上手(うま)く出来なくて」

信忠は俺の反応に敏感だった。

どうも料理や、お茶などには正直で世辞は言えない。

「信長様のお茶が格別に美味いだけですよ」

「わかっております。いや〜それにしても、あの臭い薬は未来の知識で?」

織田信忠は俺が未来人であることを知る数少ない人物の一人だ。

「薬にはそうそう詳しくなく、俺の知識が活用して作れる薬は少ないのですが、あれはほぼ漢方、植物を原料にするから覚えていただけで」

征露丸、たまたま見ていたテレビ番組、関西方面の町の中に作る工場があり、周りが征露丸臭いと言うのを見ていたから印象に残っていた。

「そうですか、未来の知識で薬がいろいろ作れれば良いのですが」

「未来の薬は様々な薬品を組み合わせて作りますから、動植物由来の漢方は少々廃れるんですよ」

「それでは専門的に学んだ者でないとなかなか作れませんね」

「はい、俺は薬を学ぶような事はなかったので」

医学系の大学に進むつもりもなかったので知識はほとんどないに等しい。

健康テレビ番組で見た知識ぐらいでしかない。

「常陸殿にはなにかお礼を致さねば」

「必要ないですよ。俺の娘である彩華の嫁ぎ先の父親を助けるのに理由は必要ですか?

それに俺の妻は信長様の養女になった茶々ですよ。信忠様とは義兄弟ではないですか？　家族を助けるのは当然のこと」

「しかし、常陸殿はそれでなくても父上様の野望を満たすのに大きく貢献している方、様々な物を開発され国を大きく富ませています。そんな常陸殿の領地が常陸・下総だけでは」

「はははは、形はどうであれオーストラリアなど実質的に領地に等しいので本当に良いのです」

「しかし、それでは……」

「そこまで言ってくださるのだったら、屋形号をお許し下さい」

「屋形号？　そのような物でしたら最早形骸化しているのは御存じのはず」

俺の肩書き好きは続いている。

時代劇で登場する『御館様』と言う呼称は幕府から許されて初めて正式な呼称となる。

それを現征夷大将軍にいただこう。

「そんな事でしたら今すぐ差し上げます。征夷大将軍として今この時より黒坂家に屋形号を許す。それ以外にはなにかございませぬか？」

御館様の敬称が許されただけで本当に十分なのだが、あまりにしつこいので、

「そこまで言うなら欲しい城が一つだけあります。城と言うより山一つを下さい」

「おぉ、それはどこですか？」

「正確には廃城になっている城、小谷城です」

「小谷を？　今は破却して本当に山ですがそれでよろしいので？」

「だからこそ誰にも恨みを買わなくて済むのです。細かく申し上げますと私の領地は未だに近江にもあるのでそこと取り替えていただき、小谷には俺の息子を入れていただき分家として欲しいのです」

黒坂家を後世まで残すためには常陸から離れた土地に、分家として黒坂家を分ける必要性がある。

樺太藩には俺の子供が藩主となったが、それはあくまでも北条家、血は残っても家名は残らない。

オーストラリア、南アメリカに分家として息子の一人を置くつもりではいるが、日本国内にも欲しい。

考えていたのは、俺の後を継ぐ龍之介が茨城城に入った後に下総に誰か入れようと考えていた。

だが、隣同士での分家では心許ない。

ひとたび戦乱となれば、どうなるかわからないからだ。

離れた土地、城に分家が欲しい。

そうなると馴染みある城の方が領民も受け入れやすいだろう。

「小谷城……浅井の名跡を継いだお初、お江を側室にする常陸殿が小谷」

「あそこなら、俺の息子なら領民受けも良いかと」

「わかりました。良いでしょう。ただし、一つだけ条件が」

「何ですか?」

「茶々、お初、お江の子と言う条件で」

安土城に近い城に血族である者と指名するのは理解出来る。

条件に合う息子はいる。

お江の子で四男の経津丸と、茶々との間では次男になる七男の猿田だ。

「良いでしょう。お江の子がちょうど良い年頃」

「ならば、小谷城周辺の土地は新たな領地として」

「え？　ですから、近江に信長様から初めてもらった土地があるのでそこと引き換えに」

「それでは御礼にはなりませんから、小谷藩五万石を黒坂家分家藩としてお受け取り下さい。黒坂家分家浅井として小谷藩を」

小谷城とその周辺の領地五万石、それが征露丸の御代となった。

「信忠様、ありがたく頂戴いたします。詳しいことは留守を預ける茶々と話を詰めて下さい。俺はまた海に出ます。信長様の下に行かなくては」

「そうですか、私もいずれは行きたいものです」

「秀信殿が成長されて家督を任せられるようになったら是非案内致しますよ」

「その時は是非に」

「はい、お約束致します」

「父上様の事、くれぐれもお願い致します」

織田信長は任せられなくても勝手に満喫しているだろうが、約束しておこう。

「はい」

この後、秀信と彩華も交えて夕飯をいただいた。

秀信はなにかと異国のことを聞いてくるので語ってあげると、目をぎらつかせ聞き入っていた。

やはり織田信長の孫だな。

夜が更けようとする頃、ようやく解放されて屋敷に戻ろうとすると、

「必ずまた話を聞かせてください、義父（とう）様」

そう言って秀信は見送ってくれた。

三法師だったころ、カレーを食べさせた日を思い出す。

あの子供がここまで大きく育ち、俺の娘と結婚しようなどとは思いも寄らないこと。

このまま織田家を、日本国を任せられるような人物に育って欲しい。

そう願いながら月夜を千鳥足で帰宅した。

「お初、小谷城を信忠様より征露丸の御礼にいただいた」

「そう、小谷を……」

「嬉(うれ)しくはないのか？」

生まれ育った城が黒坂家の物になったと言うのにあまり嬉しそうではなく、顔をのぞき込むと、ぽたりと涙が畳に落ちた。

「小谷城……父上様……」

抱きしめ、ポンポンとしばらく背中を軽く叩(たた)いてあげると、耳元で、

「ありがとうございます。真琴(まこと)様」

呟(つぶや)いたあと、何かを思い出したのか、パッと離れ、涙を袖で拭き、

「また、ふざけた装飾をしようなどと考えているのではないでしょうね？」

「ん～考えていないかな、うちの分家としてだから幕府には臣下の礼を取らせ幕臣と考えているから茨城城みたいな絢爛豪華(けんらんごうか)な城はちょっとね、安土にも近いからそこは分をわきまえた城とするよ」

「へ～ほんとに？」

ジト目で言うお初。

「うん、それにもう山城は政治に不向きだから、山は最低限の建物として麓に政務をする御殿造りが良いと思う。五万石に釣り合う質素な造りでね」

「へ～ちゃんと考えているんだ？」

「そりゃ～ね～」

織田信忠が俺が海外に行く前に引き渡したいと、気を使ってくれて十日ほどで引き渡しとなった。

安土から船を使って行くと、小谷城跡は城跡の痕跡は土塁などだけで木々が生え山に戻ろうとしていた。

「不思議な物ですね。物心つく前に住んでいた城なのに懐かしく感じます」

「そう言う物でしょ。俺が未来で住んでいた常陸国を懐かしく感じるのだから」

「なぜに小谷にしたのですか？　常陸に近い領地をいただいた方が良かったのでは？」

「それは分家として完全に別の家系を築く黒坂家が欲しいのと、常陸国から離れた所に黒坂家を置きたかった。もし、常陸国になにか有ったときに支えてくれる予備が欲しい」

俺は首都を安土とし副首都を地方に置く政策をとっている。

その副首都の一つとして、茨城城は織田信長公認だ。

なぜに公認かと言うと、信長の御殿が茨城城にあるからだ。

そこに信長が宿泊していた時期もある。

俺は日本国内で西の拠点が欲しかった。

安土城内に賜っている屋敷では少々手狭。

そして、茶々達や桜子達が生まれ育った土地が欲しかった。

だから小谷城を選んだ。

征露丸のおかげというのは若干、棚からぼた餅感だが。

「ここなら、お市様も喜ぶのでは？」

「確かに、母上様は喜びますね。娘婿の真琴様所有の方が気兼ねがないでしょうから」

「菩提を弔うのに良かろう」

「はい、浅井家先祖代々を」

小声で言うお初、父・浅井長政は織田信長にとっては謀反人なので俺に遠慮して小声になってしまったのだろうが、

「お初、死人は死ねば平等の魂。遠慮はいらぬぞ」

「ありがとうございます」

「しかし、山は荒廃が進んでいるな」

「左甚五郎を呼ぶのですね?」

「いや、左甚五郎は連れて行くから、その配下に任せよう。もう十分に育っているからな」

「国一番の大工集団だと言われるくらいですから」

うちはなにかと築城が続いた。

しかも、俺の未来知識を取り入れた工法と伝統的工法を組み合わせて。

「萌えは許しませんよ。やるなら真琴様がお泊まりになる部屋だけにしてくださいね」

意外なお初の言葉に俺が豆鉄砲を食らった鳩のような顔をすると、お初はニコニコと笑い返した。

萌え装飾の許可。

なににしようかな。

下書きならいっぱいある。

何をモチーフにするかが悩みどころだ。

なになに。

茨城城に帰る船の中、考えた。

「経津丸はいるか？」

茨城城に帰城してすぐに呼び出す。

「マコ～帰ってきていきなりどうしたの？」

「お江、小谷城を信忠様よりいただいた。その城主として経津丸を入れる」

意外にも実母であるお江は嬉しそうにはしなかった。

「どうした？　嬉しくはないのか？　城持ちだぞ」

「ん～、三男の北斗がいるのに、四男の経津丸？」

お江はとぼけた甘えん坊キャラを演じているが実は一番頭が良く気づかいをしている嫁。

俺が側室達を出身身分にとらわれず平等に扱っているのを理解し、その調和を保っているのは実はお江のおかげだ。

「これは少々仕方がないことなのだ」

「そうですよ。近江なのですから」

事情を知るお初が口を挟む。

「なんとなく事情はわかるけど、兄を差し置いて弟が先に城主として任命されるのって、マコ的にどうなの？」

「一理ある」

一理どころではない。

お江の言葉に気づかされた。

「確かに、そうだな。北斗を差し置いて経津丸を城主として任命するのは間違っているな」

「真琴様……」

お江の言葉にお初も同意したのだろう、言葉が止まっていた。

「なら、オーストラリアの城を任せるのはどうだ？　元々息子の中の一人をオーストラリアの城に置くつもりでいた。それを北斗とする確約をすれば問題なかろう。成長後、北斗はオーストラリア大陸の城主とする」

「うん、それなら大丈夫だよ。マコ」

笑顔が返ってきた。

海外の拠点に誰かしらを置くつもりではいた。

歳の順から言えば妥当な順番だ。

お江が桃子と北斗も呼び出し事の次第を言うと、桃子が泣いていた。

「そんな、私の息子も城持ちになるのですね」

「ああ、そうだとも。子供達にも親の出身身分は関係ないからな」

桃子は元々、人買いに売られてきた娘で出身身分が低い。

うちでは関係ないのだが、本人が気にしている所はあり長い付き合いではあるが遠慮がちで精神的距離はお江達ほど近くはない。

「父上様、異国の城に私がですか？　異国に行けるのですか？」

目を輝かせる北斗、子供はそんなことは気にしていなかった。

茶々が分け隔てなく育ててくれているからだ。

「そうだな、今13歳だったな。もう少し成長して体が出来上がってから連れて行くつもりだがな」

「はい、いっぱい食べていっぱい修行して強くなります。父上様」

「勉強もしっかりな。ところで、経津丸は？」

「経津丸は山に籠もっております。なんでも、父上様のように陰陽師の力を得たいと」

教えるつもりはなかった力を自ら学び始めていた。

陰陽師の力を自ら得ようとする息子が現れたのは少々驚きだった。

「今、どこにいる？」

「筑波山に」

北斗が答える。

「そうか、自らが道を切り開く最中に邪魔はしてやるな。呼び出す必要もない。次に帰ってきたときに元服してからの話だからな」

正式に小谷城に移り住むのは御殿が出来上がってからだ。

今すぐという話ではなく、わざわざ修行を切り上げさせて話すことでもない。

「私は……」

北斗が気まずいように黙ってしまった。

「北斗、ここにいることを恥ずかしいなどと思うことは間違いだぞ。自分が学びたいことを学び成長しなさい」

「はい、父上様」

大きく返事してきた。

そんな北斗は勉学と柳生道場の修行が好きなそうだ。

皆、自らの好きなことに励んでくれればそれでいい。

「経津丸が城に帰ってきたら、羽黒山に行く事を勧めてやってくれ。あそこは最上義康の領地だったはずだから行くとなれば歓迎してくれよう。修験の道を究めるのには良い地だ」

俺も出羽三山には世話になっている。

最上義康か伊達政宗の領地の狭間だったはずだが、両者ならどちらでも問題はない。

最上義康は以前、家臣だった時期もあるくらいだ。

「はい、伝えます」

「父上様は海に出られるのですね」

「そうだ、支度が出来次第また出る」

「お気をつけて、次に会うときには海に出られる男として成長して見せます」

北斗を桃子は涙をにじませながら微笑み見ていた。

母親として子の成長が嬉しかったのだろう。

俺だってなかなか接することはなかったが、たくましく育っているのには感極まったが、俺が涙を見せるわけにはいかず我慢した。

次、会うときが楽しみだ。

ここからが大きく変わる時期だが、そばにいてやる選択肢は残念ながらない。

俺にはやらなければならないことがあるからだ。

日本にとどまってはそれは出来ない。

また、茶々任せになってしまうがいたしかたない。

元気に育ってくれることを俺はただ願うだけ。

余計な口出しはしない方が良いだろう。

じっくりと子育てに参加していない俺が口を出せば混乱するだけなのだから。

# 第六章　冒険家黒坂真琴

1605年　夏

俺は再び大海原へと船出をした。

目指すはオーストラリアの城、ケアンズ城だ。

海外領地の巡察も兼ねている。

高速輸送連絡船でケアンズを任せてある前田慶次家臣からは問題ないという報告は上がって来ているが、自分自身の目で確かめておかなければ気が済まない。

今回の同行嫁は、お初・お江・桜子・小滝・ララ・弥美、いつものメンバーだ。

そして今回も左甚五郎とその大工衆も乗船させている。

なぜに毎回嫁を連れて行くかと言えば、お初は護衛を担当し、お江は、暗殺？　いや裏の護衛をしてくれ、桜子は俺の飯を作ってくれる。

桜子が作る事で毒殺の心配はなく、毒味が必要ないため温かな物が食べられる。

小滝は漢方の知識を生かして俺の健康管理をしてくれ、ララは通訳をしてくれている。

側室が側近としての役目をしているのは、情報漏洩の心配も極めて少なく、重要であり

的になった。


便利なのだ。

船で島々に寄港しながら南下を続ける。

島々の港は貿易拠点として繁栄を見せている。

港の支配に抵抗していた先住民も、物資が流れ豊かになるとだんだん協力的そして友好的になった。

太平洋航路は完成しつつある。

台風など嵐に遭っても、すぐに近くの島へ避難出来る。

それは重要なことだ。

命のリスクを減らせるのだから。

蒸気機関外輪式推進装置付機帆船型鉄甲船戦艦・武甕槌(たけみかづち)は一ヶ月もするとパプアニューギニアに寄り、補給をするとオーストラリア大陸を目指した。

だんだんと寒くなる。

そう、南半球は冬だからだ。

「マコ、日本が夏の時にはこっちは冬なのに何でこの時期にしたの？」

「あっ、いや、オーストラリアは巡察だけだからな、季節は気にしていられない。それに今からなら目的地に行く頃には夏になるはずだからな。う〜寒い」

震えていると、桜子(さくらこ)と小滝が作ってくれた生薬を溶かした甘酒を出してくれた。

「これを飲んで体を温めてください」

「ああ、すまない」

甘酒はこの時代の栄養ドリンク、そこに体を温める作用のある漢方が入っていたが甘酒の甘さでごまかされて美味(おい)しかった。

オーストラリアはもうすぐだ。

オーストラリア大陸の拠点ケアンズ城は現在、前田慶次が城代となっている。

艦隊を集結させなければ、前田慶次はこの城に基本的には常駐している。

ただ、イスパニアを離れるときに残務処理を頼んでいるから、そちらにいると思い込んでいたが、

「よう、御大将、よく来たな！　飲もうぜ」

「船を降りて早々にそれか？っとに、イスパニアは大丈夫か？」

「あぁ、掃除も済ませたし叔父き達(たち)が上手(うま)くやってるからこっちに戻ってきたって訳よ。こっちも大切だからな。せっかくだちょっと城下の店で飲もうぜ！」

お初に確認すると、うちの船員も町に出ていることで安全なはずだから良いと言われ、慶次と城門すぐ近くの店に入った。

中では確かにうちの家臣もいたが、気を使って知らないふりを決め込み、自分たちで楽しんでいた。

アボリジニの集団の席はいささか盛り上がりに欠ける。

うちの兵士達に萎縮しているわけではない様子だが、オーストラリアの民アボリジニは基本的に下戸の為、あまり酒を飲まず食事に集中しているみたいだ。

よく見ると真っ赤に茹で上がった大きな蟹と黙々と格闘していた為に静かだった。

一生懸命身を殻から取り出している。

蟹を食べるときに人種は関係ないようだ。

同じ食堂でそれぞれが楽しんでいる姿が嬉しかった。

慶次が注文した熱燗をちびりと一口飲む。

オーストラリア大陸で収穫された米から作られた日本酒らしい。

さっぱりとした臭みのない酒で喉にスーッと入っていく。

「御大将、もう歳なのでそろそろ日本に帰して下さい。俺の家は息子に継がせる」

「はははは、本心は茨城城下の酒場で騒ぎたいのだろう？」

「あは、わかっちゃいました？　松には内緒にしといて下さいよ」

60を過ぎてもまだ、叔母である前田松様が苦手と言うのがおもしろいところだ。

「もう数年はケアンズ城代を頼みたいのだが、そうだ、慶次の息子を入れたらどうか？　いずれ城主として俺の息子北斗(ほくと)が入る予定だ。その時に支えになる家老が必要だ」

前田慶次の息子の前田正虎(まさとら)は龍之介(りゅうのすけ)の小姓として、すでにうちの家臣にはなっているが、いずれは前田慶次の跡を継ぐので呼び寄せておいたほうが良いと考えた。

「正虎をですか？」

「慶次が鍛え上げよ。それにオーストラリアの生活に慣れた者が必要になる。アボリジニと共存共栄をしたい」

「それは重々承知してっけどもさ」

飲みニケーションが出来なくても、コミュニケーション能力の高い前田慶次は、アボリジニと良好な関係を築いている。

なんでも、前田慶次の猿楽がウケが良いと言うのだからおもしろい。

「あと、3年我慢してくれ、3年したら土浦城に戻そう」

土浦城は茨城城の一部ではあるのだが、出城扱いとして一つの城として扱っている。

近くには前田慶次が築いた歓楽街がある。

「わかりました。土浦城に戻れるなら今しばらくここで励み、老後はゆっくりと土浦城で過ごさせて頂きます」

「はははは、どうせ飲み明かすのだろう。まぁ～体には気をつけて程々にな」

「わかっておりますとも」

前田慶次、若いときには歌舞伎者などと言われるが晩年は意外すぎるほど質素に生活をする。

史実だとあまり裕福と言えない上杉米沢藩に身を寄せる事になるが、この世界線では俺の重臣であり、大名クラスの領地を持っている慶次。

だが、やはり質素になる兆しは見えていて歌舞伎者と言われるほどの派手さはなくなり、茶の湯や和歌や絵画の趣味に凝り出していた。

慶次が描く墨絵は、オーストラリアの雄大な大地だったり、カンガルーなどの生き物を描いた物が多く、茶室にはそれらが描かれた掛け軸がかかっている。

萌だけでなく普通の日本画にも俺は影響を与えてしまったようだ。

茶室にカンガルーが戦っている墨絵の掛け軸は実にシュールだった。

コアラが木にしがみついている墨絵の掛け軸は癒やしがあり良い。

前田慶次の息子をケアンズ城下町奉行として、赴任させるように茨城城に手紙を書く。

しばらく、町奉行として働きながら引き継ぎをしてもらうのが良かろう。

その後は家老として働いて貰うことを想定する。

北斗を支えてくれる人物になることを願おう。

オーストラリアの事は前田慶次に任せて先に進む。

目指すはジブラルタル城なので、うちの艦隊が成功しているインド洋を渡り喜望峰へ向かう航路を選ぶべきなのだが、オーストラリアから南アメリカに向かう太平洋横断航路を選ぶ。

「御大将、これでは南アメリカ大陸に船を停泊させ、陸路でカリブ海に出て行く航路になりますがよろしいので？　大事な戦力がなくなってしまいますが」

艦長の真田幸村(さなだゆきむら)が聞いてきた。

パナマ地峡には石畳の広い道が建設してあり、現在も高速輸送連絡船が使う陸路として活躍している。

「いや、武甕槌で大西洋に出るつもりだが」

「まさか？　また、陸路を引っ張るのですか？」

以前一度だけ、鉄甲船をパナマ陸境を引っ張り陸送という無茶苦茶な作戦を実行したことがあるが、あの時の船には蒸気機関は積んでいなく重量が今より軽いから出来たこと。

現在の蒸気機関外輪式推進装置付機帆船型鉄甲船戦艦では無理だ。

船底が耐えられないだろう。

平成時代の大型クレーンと大型特殊トラックがあっても厳しいだろう。

「幸村、とりあえずこのまま東に進んでくれ。目指すはインカ帝国の港だ。そのあとは追って指示する」

「はっ、インカ帝国の巡察ですね。わかりました」

幸村は船員にインカ帝国を目指すよう指示を出す。

「真琴様、真琴様の地図ではこの大陸も南にくだれば大西洋につながっているのですね」

お初が机の上に拡げられた地図を鉄扇でなぞりながら言った。

「あぁ、そこだ。今回はその航路を使う。だいぶ荒れる海らしいがこの船ならもってくれると信じている」

今回チリの南端を通って大西洋に出るつもりだ。

大航海時代、南蛮ガレオン船で出来たことが蒸気機関外輪式推進装置付機帆船型鉄甲船戦艦で出来ないわけはない。

だからこそ挑戦する。

南アメリカ大陸の巡察をしてからその海域に進めば、夏近くになると想定している。

冬の季節は大荒れだと聞いたことがあるからだ。

いずれ、南極に旗をなびかせる為の航路開拓。

それを夢に描いている。

織田信長の野望『世界の至る所を見てみたい』、南極大陸だって例外ではない。

見せるだけではなく俺は南極を日本国にしてしまうつもりでいる。

今の技術では活用は出来ないが、実は地下資源の宝庫、俺が育った平成より先の時代にはその地下資源が活用されるだろう。

なら、今から領有権を主張し実効支配してしまおうと考えている。

勿論(もちろん)その資源を独り占めする気はないが、その資源を巡って戦争を起こさせないためには今から日本国として楔(くさび)を打っておきたい。

氷に閉ざされた大地なのに地下には温暖な大陸であった事を示す石炭が眠っているのが不思議な魅力だ。

俺はこの大陸こそが『ムー大陸』、もしくは『アトランティス大陸』なのでは？　と、思っているがそれを証明する事は俺には出来ないだろう。

未来にはそれを証明する者も現れるかもしれないが。

そんな希望と言うロマンを胸に抱きつつ、船は南アメリカ大陸を目指した。

オーストラリアから南アメリカ大陸に向かう中、海が荒れ大雨が降る嵐にあった。

「真琴様？　この嵐は普通の？」

「多分そうだろう、変な邪悪の気は感じない」

「そうですか、なら幸村達に任せておきますね」

「そうしてくれ」

2、3日と思いきや、1週間ほど続いてしまう嵐に皆の疲労を感じた。
帆を強風で壊れないよう閉じ、蒸気機関で進んでいるのだが波が高く外輪が浮いてしまい、上手く海面をつかめないで先に進めない。

波に捕まり嵐とともに船が移動してしまう。

嵐からの脱出が出来ない要因の一つだった。

「御大将、島が見えます。このような嵐で沈むような船ではございませんが、一時的に避難をいたしましょう」

「う〜、気持ちが悪い。仕方がない、避難する。ただし、先住民に歓迎されない可能性をぉぉぉ、おぇ〜〜〜〜〜〜〜〜」

「流石に気持ち悪くなるわよね」

ひさびさに三半規管が麻痺する。

船酔いを見かねた真田幸村と俺を介抱してくれるお初が決めたらしい。

俺だけでなく、紅常陸隊の嵐に慣れない船員もかなりまいっているらしく、小滝が薬を煎じて配っていた。

「ララを呼べ、おぇ〜〜〜」

「真琴様、言いたいことはわかりますから無理をいたさないで下さい。弥美、介抱を代わって」

「はいですぅぅぅいえ〜い、こう見えて揺れは得意ですぅぅぅピース」

弥美はやたらとテンションは高いが、確かに平気そうで、俺の吐瀉物を嫌な顔ひとつせず片付けて、小滝が煎じてくれた薬や、湯冷ましと梅干しをせっせと運んで来てくれた。

「ララ、真琴様に代わって命じるわ、島に入ったらすぐに通訳、先住民と争いが起きないようにいたしなさい」

「はいでありんす」

ララの異常語学力に期待するしかない。

近しい言葉でのコミュニケーションが取れる可能性が極めて高い。

それにしても俺の側室達は船酔いに強いのが羨ましい。

ララが部屋に来ると、

「確か常陸様の地図が正確ならこのあたりの島は謎の巨石の像を造る島だったと思うでありんすよ。インカの民との交流があったはずなので言葉の壁は薄いと思うでありんす」

「う〜ぅぅぅ、だと良いのだが」

巨石の像の島かぁ〜、ん？　何かを思い出しそうになるが口から内容物が出てしまう。

しばらくして船は島の入り江に入った。

ちなみにお江はと言うと嵐の揺れが気持ちよいとマストに登り、

「おまたがヒューヒューする〜」

喜んでいた。

お江は絶対に絶叫マシーンが好きなタイプだなと、呆れ顔で俺は見ていた。

「真琴様、念の為、甲冑を」

「吐きにくいから兜は……」

「駄目です。しっかり被って下さい」

無理矢理お初に甲冑を着せられている中、船は接岸した。

意外にも閉ざされた島だと思っていたが、インカ帝国との交流を持っていた。

それはインカ帝国が日本国の技術支援の下、復興がなされ、漁船が思いのほか遠くまで進んでいたからだった。

そのおかげで俺達の存在は孤島でも噂になり歓迎を受ける。

投石用と思われる石は地面に置かれ、文字通り手の内を見せ武具を持っていないのを先住民は見せた。

そのため、俺はフルフェイスの兜を外す。

「ララ、通訳を頼む。海が静まるまでの停泊と水の提供をお願いしたい。代わりに漆器、陶磁器、絹の反物を送らせていただく」

ララが通訳をすると、とりまとめ役の老人はそれに同意をしてくれた。

「休むのは一向に構わないが、しかしながら、水は最低限しか譲れないと言っているでありんすよ」

「貴重なのか？　なら仕方あるまい。補給は最低限で」

「そのように伝えるでありんす」

砂浜に積んであるパネルで簡易宿泊所を作り、俺のように憔悴（しょうすい）している者達優先で、船を降りて二日ほど休んだ。

「ふぅ～やっと飯が喉を通る」

「だったらいっぱい食べて下さい」

桜子（さくらこ）が島民からわけて貰った魚を柔らかく煮てくれご飯が食べやすかった。

絹の反物に気分を良くした村長らしき人が島を少し案内してくれると言う。

砂浜から陸地に進むと不思議な事に木々がない。

さらに歩みを進めると水の流れる川もない事に気が付く。

そして大きな石像が横たわっているのが目に入ってきた。

「やっぱりモアイか！」

「いかがいたしました？　真琴様」

「お初、この石像をモアイと言うんだよ」

俺が上陸した島はイースター島だ。

ん～イースター島？

イースター、復活祭の日に発見されたから名付けられたら島の名前になる。

だが、俺はキリスト教徒ではない。

しかも今日はイースターでもない。

だから俺がこの島の名前を付けてしまえばそれが島の名前になる。

「そうだ、復活祭島よりモアイ島のほうが良い。この島をモアイ島とする」

お初はメモを取りながら、

「モアイ島と地図に書き入れます。常陸国で刷られる世界地図にモアイ島と記載となりますが良いですね？」

再確認をしてきたので、大きく頷(うなず)き、

「あぁ、その名のほうがしっくりくるからモアイ島で」

「はい、わかりました。しかし、不思議な石像ですね。仏像かなにかなんですか？」

大航海時代、この島が発見され時には最早(もはや)モアイの意味すらわからなくなり大半は倒されていたらしく、平成時代に知られる立った状態のモアイは意外にもクレーン車などの重機で立たされたものらしい。

俺の好きなマッチョなおじ様司会者のクイズ番組でも幾度となく取り上げられていた。

どうやって造られたか？　なぜ造られたか？　どうやって立たせたか？　どうやって運んだか？　目は有ったのか？　など謎が多い。

ラララの通訳で老人に聞いても、やはり首を振るだけだった。

「兵達に厳命を言い渡す。モアイへの落書き、彫刻などを一切禁止する」

そう言うと、お初はため息を吐き、

「真琴様、この船に乗る兵士達は側近中の側近達、真琴様がわざわざ言わなくても、他国の文化を大切になされる真琴様のお考えは十分にわかっていますよ」

「ん、うん、そうだったな」

幾度も旅をする仲間を信じていなかった自分が少々恥ずかしく申し訳なかった。

石像が所々に横たわる殺伐とした絶海の孤島。

「右大臣様、不思議な島ですねでした。このような巨石の像を造ったり運んだりするのに木が不可欠でしょうにまったくないですねでした」

原住民が友好的だとわかると、下船していなかった他の嫁達も下船して、小滝は漢方の原料になりそうな物はないかと弥美が護衛をし、近隣散策をして戻ってきてそう言った。

そして、桜子は変わった食材はないかと散策、警護するお江とその配下漆黒常陸隊。

「御主人様、私も木の実や茸、新鮮な野菜と思ったのですが木がないせいか痩せた土地でこれでは育たないかと、さぞかし食べ物に困っているかと」

「あ～、食材かぁ、この島は一説には石像を造ることに固執してしまって木々を無計画に伐ってしまい森が消えてしまった説と、鼠が大繁殖して木々を食べたり種子を食べたりして森が消えていった説があるんだよ」

「「説？」」

桜子と小滝の二人は首を傾げる。

大航海参入国家としては、俺達が初めて上陸したわけだからおかしな言い回しになってしまったのに気が付くが、

「はいはい、触れてはいけない案件ですよ」

お初が言うと二人は納得して、それ以上は聞かなかった。

「御主人様、わちきの生まれ故郷から椰子などの苗木を持ち込んだらいかがでありんすか？　流石にこれでは困ると思うでありんすよ」

ララが言う。

「うん、それは良い考えだと思う。生活していくうえで木々は必要不可欠、だからと言って日本国本土から持ち込むのもと思う。ハワイはいささか遠いから、この島に近い地域の島々から木の苗や種をわけて貰って植えさせよう。そうそう俺の直轄地ガラパゴス諸島の種子を運ばせよう。数十年、いや数百年かかるだろうが森の復活の手助けだ」

「それもまた農政改革の一つですわね。森が作られれば大地は腐葉土で豊かになり畑が作れる。真琴様の目指す地球に住む全ての物が一日三食食べられる事を目指す。良いことだと思います」

「お初もそう思ってくれるか？」

「当然です。茶々姉上様も未来への投資としてお金を出すはずです。インカに着いたら高速船で手紙を書きましょう」

日本国から持ち込んでも育つ木々はあるだろうが、近しい島の植物のほうが適していると考える。

それをとりまとめ役の老人に伝えると、

「木々があれば船が造れて漁に出られます。大変有り難いと言っているでありんす」

ラララが通訳してくれる。

「マコ〜、鼠が原因なら猫を持ち込んだら？　にゃん」

お江が頭に両手で猫耳にして言う。

三十路になるのに可愛いな、お江。

だが……。

「それは駄目だな。猫は必ずしも鼠だけを食べるわけではない。今、この島に人が持ち込めば、その猫は意図しない物を食べ始め、生態系を壊してしまう」

日本でも離島で幾度となく繰り返した鼬ごっこの例を知っている。

ハブを駆除するのにマングースを投入、ハブを食べずに固有種を襲い激減させてしまった例、植物だって、セイタカアワダチソウや西洋タンポポの例をあげてしまえばキリがないが、そこは東太平洋という生態系内からの物とすれば気にすることはないだろう。

落ち込むお江の頭をなでなでしながら、

「鼠退治は大切だぞ。それは罠でやろう」

「お〜、流石にマコ〜」

変な感激をしている、お江。

船の食糧庫に設置してある板バネ式の鼠取りを分けてあげることにした。

船は自らが持ち込まなくても鼠が乗ってしまうから不思議だ。

その鼠はやはり不衛生なので原始的な罠、板にバネでバチンと挟んで捕らえる仕掛けの物を設置してある。

ララが使い方を伝授して渡すと大変感謝された。

「失礼ながらこの島に今労力をかける意味は、おありなんですか?」

大洗良美が聞いてきたので

「ほら、今回みたいに避難場所に使えるからね。絶海の孤島でも交流があるかないかでは、大違いだよ。交流がある島なら避難場所として安心して使えるわけだし」

一度、島を訪れて歓迎されるが、それがたまたま祭りの期間で神様の使いとして思われ歓迎された船が、出航して嵐に遭い再び島に行ったら、何しに来た！って襲撃されてしまった例などを知っている。

「では、交易だけでなく、木々などを植える手間は？」

「だって、木々がなければ船の修繕も出来ないでしょ？　それに灯台の役目を持たせる櫓(やぐら)も作りたい。木々は今後への投資だよ」

「なるほど、失礼致しました」

大洗良美は納得し、黒江(くろえ)は、

「この島の発展が航路の安全に繋(つな)がるわけですねぽえ～、ここへの投資がいずれ自分たちに役立つ、流石御館(おやかた)様ですぽえ～」

「そういう事」

先住民の代表的な人物を集め、木々を植林する見返りに、嵐の時には避難場所として使わせて貰うことを取り決めた。

先住民からは俺の仲間なら歓迎するから見分け方は？　と、聞かれてしまう。

そういえば、今更ながら国旗を定めていない。

日本国の艦隊は基本的には織田信長(おだのぶなが)の家臣団か俺の家臣団なので、織田木瓜(もっこう)紋か俺の抱き沢瀉(おもだか)の旗が掲げられており味方なのが一目瞭然で、あまり気にはしていなかった。

「国旗が必要か、ん〜取り敢えずは織田木瓜紋と抱き沢瀉の旗が味方の目印で」

両方の家紋の入った旗を3本ほど渡した。

国旗の制定を勝手にしてしまうわけにもいかない。

これは織田信長と要相談だな。

日の丸の国旗を使うかは、織田信長に話してからでないと……。

「マコだけだったら、美少女の旗を作りそうだよね」

お江が笑うがお初は隣で石にでもされそうなほどの冷たい目で見てくる。

『コ●ユートス』と唱えそうなくらいだ。

背筋に悪寒が走る。

「流石にそれはね〜ははは っ、いや、マジにそんな旗は国旗にはしないから睨むのやめて」

「そんな物を日の本を代表する旗にしたらちょん切るから」

「どこをだよ！」

お初の視線は俺の下半身を見ていた。

洒落にならないから本当にその目、やめて欲しい。

1週間島に滞在すると海は穏やかになったので避難させて貰ったモアイ島を後にした。

「さて、久しぶりにファナ達に会いに行くぞ！　目指すはインカ帝国、出港！」

　ポルトガルからスペインに移動した織田信長は闘牛場で荒れ狂う牛の突撃をマントで何度も避けとどめを刺したマタドールと呼ばれる闘牛士に褒美として太刀を渡すと、後ろで護衛として立っていた森長重（もりながしげ）は「ふっん」と何やら不満を示すかのように鼻息を鳴らした。

「やりたいのか？　仙（せん）」

「御意」

「マントをさばき牛を誘導しながら剣を刺せるというのか？　そうではあるまい」

「……御意」

　小さな返事、

「突進してくる牛をその槍（やり）で一突きするのであろう？　それでは余興にはならん。静と動の緩急を儂（わし）は褒め太刀を与えたのだ。仙では動しかないではないか」

「うぬぬぬぬ……御意」

「上様、マタドールが申すにはピカドールと呼ばれる闘牛士があるそうで、その者は馬に乗り牛を槍で刺すそうでございます」

　織田信長の側室が通訳すると、

「ほう、それなら馬裁きも見られるな、仙、やってまいれ」

「御意」

自信に満ちた明るい返事だった。

森長重は鎧を装着した馬に跨がり闘牛場に入ると、ノビジェーロと呼ばれる見習い闘牛士に興奮させられた体格の良い立派な角を持つ牛が、地面を足蹴りにして突っ込む準備をしていた。

「さて、恐がる馬を上手く捌いて牛を倒して見せよ、仙」

スペイン産ワインを片手に見ていた織田信長、予想だにしない戦いに気分を害した。

突進してくる牛から逃げようとして暴れる自分が乗る馬の頭を槍で斬り落として動きを止めた森長重は、馬の背を踏み台に空中に跳ね飛び、落ちる重力を利用して牛を一突き、背中から胴まで槍の鋒が抜け、さらに地面に突き刺さり、牛は身動きが取れなくなった。

そこを地面に下りた森長重は太刀を抜き、太い牛の首をものともせず斬り落とし、闘牛場にはピクピクと動いている馬と牛の首が並んだ。

ワインを飲む間もない短時間の闘牛に、

「とっくに仙には余興は向かぬな」

ワイングラスを側室に渡すと織田信長は居室に戻ってしまった。

見ていた観客は森長重の豪腕に拍手喝采、日本国の武士の強さに驚いていた。

# あとがき

先ずは、2024年元日、能登半島地震の被害に遭われた皆様へお見舞い申し上げます。

元日と言う特別な日に起きた災害に大きな衝撃を受けました。

この巻を書いているときに起きた地震、私は3．11を経験したラノベ作家としてなにか応援出来ることはないかと思い、旅行した時の記憶を頼りに北陸の話を少し追加いたしました。

石川県や富山県、福井県方面には何度か行っております。

本当に海鮮、そしてお酒が美味しい所で、また史跡が多いので何度も行きたい地域です。

もう20年近く前になる旅行ですが、縁結びで有名な氣多大社、当時付き合っていた彼女と参拝した翌年、実は結婚しており思い出深い地です。

いつの日かまた参拝し、次はゆっくり加賀温泉郷巡りをしながら北陸の海の幸、日本酒を味わいたいです。

平穏無事な生活を取り戻し、観光客で賑わう北陸の姿を心より願っております。

改めまして、『本能寺から始める信長との天下統一11』を手に取っていただいた皆様、ありがとうございます。

今回は久々の日本国内、茨城県内が多い巻となりましたがどうだったでしょうか？　黒坂真琴の子供達が結婚出産と、ここまで書籍化出来たのは物語とお付き合いいただけたのは読者皆様のおかげです。

本当にありがとうございます。

まだまだ続く物語、12巻で黒坂真琴はどこに行くでしょう？

引き続きお付き合いいただければと思います。

そして、『本能寺から始める信長との天下統一』プロローグでおなじみの番組『世界ふしぎ発見』が、レギュラー放送が終わってしまいました。

子供の頃から見続けていた大好きな番組の終了は悲しいですが、今後はスペシャル番組として放送すると言うことなので期待しております。

そして、『電撃大王』で連載中コミカライズ版、『本能寺から始める信長との天下統一』5巻が発売となります。ん？　なりました？　今、表紙イラスト案を見た段階です。

今回の表紙はお初！　コミカライズ版もヒロイン達みんなの表紙が見られるくらい続くと良いな。

それにしても読みやすく、そして面白く纏めてくれている村橋リョウ先生に感謝しております。

そんな読みやすいコミカライズ版、是非ともライトノベル版と一緒に楽しんでいただければと思います。
次巻でまたお目にかかれればと思います。

常陸之介寛浩（ひたちのすけかんこう）

# 本能寺から始める信長との天下統一 11


発　　行　2024年5月25日　初版第一刷発行

著　　者　常陸之介寛浩
発 行 者　永田勝治
発 行 所　株式会社オーバーラップ
〒141-0031　東京都品川区西五反田 8-1-5
校正・DTP　株式会社鷗来堂
印刷・製本　大日本印刷株式会社





Printed in Japan　ISBN 978-4-8240-0829-9 C0193




**作品のご感想、ファンレターをお待ちしています**

あて先：〒141-0031　東京都品川区西五反田 8-1-5 五反田光和ビル4階　ライトノベル編集部
「常陸之介寛浩」先生係／「茨乃」先生係

**PC、スマホからWEBアンケートに答えてゲット!**

★この書籍で使用しているイラストの『無料壁紙』
★さらに図書カード（1000円分）を毎月10名に抽選でプレゼント!

▶https://over-lap.co.jp/824008299
二次元バーコードまたはURLより本書へのアンケートにご協力ください。
オーバーラップ文庫公式HPのトップページからもアクセスいただけます。
※スマートフォンと PC からのアクセスにのみ対応しております。
※サイトへのアクセスや登録時に発生する通信費等はご負担ください。
※中学生以下の方は保護者の方の了承を得てから回答してください。